D+
dear+ novel
Ajin no ou × koukoukyoushi ・・・・・・・・・・・・・

亜人の王×高校教師

栗城 偲

新書館ディアプラス文庫

亜人の王×高校教師

contents

illustration：カズアキ

亜人の王×高校教師
Ajin no ou
koukoukyoushi

樋口懸《ひぐちかける》は至極平凡で平均的な、日本人の成人男性である。

最寄り駅近くの千円カットで定期的に整えている黒髪に、平均的な焦《こ》げ茶《ちゃ》色の瞳。身長は一七〇センチと大柄《おおがら》でも小柄でもないが、痩《や》せ型《がた》のせいか小さく見積もられることが多い。学生時代は柔道をやっており、今も顧問をつとめてはいるものの、二十六歳現在は運動不足まっしぐらだ。

人より少し誇《ほこ》れることがあるとすれば、地方公務員という安定した職に就いていることだろうか。勤務先の公立高校では、一年生の副担任で、理科を教えている。

母子家庭に育ち、小さな弟妹の面倒を見ていた影響で、誰かに「教える」ということが嫌いではなかった。友人たちにも「教え方が上手《うま》いね」と褒《ほ》められて嬉しかったのが、教職を目指したきっかけだ。

そして、特段卑下《ひげ》もしていないが誇れることでもないのは、生まれてから一度も「恋人」という存在がいないことだ。よく言えば清《きよ》らか、俗っぽい言葉で表現するなら童貞である。

とはいえ、他には特筆すべきこともない、ごく普通のどこにでもいる男だ。

——……それなのに。

どうしてこんなことになったんだ、と眼前に広がる光景に懸の思考は停止する。

自分はいつもどおりの時間に起床し、教科書等を詰めこんだバックパックを背負って自宅アパートを出た。最寄り駅まで徒歩で向かい、ＩＣカードを改札機にタッチしたはずだった。

それなのに、改札を抜けた先に何故《なぜ》巨大な鳥の化け物がいるのだろうか。

ギャア、と化け物が鳴いた瞬間、懸はその場にへたり込んだ。腰が抜けたのだと自覚したのは、そのすぐ後のことだ。

大きく開かれた黄金色の嘴《くちばし》は、懸などゆうゆうと飲み込めるほどに大きい。赤い舌の向こうに見える喉奥は、洞窟《どうくつ》のように真っ暗だ。

――ハクトウワシ？

本物のおよそ十倍はありそうだが、目の前にいる化け物の見た目はハクトウワシにそっくりだった。頭部は白く、鮮やかな色の嘴、鋭い眼光。体毛は褐色《かっしょく》をした大型鳥類である。

――いや、いくら「大型」と言ったって、ほどがあるでしょ……。

その全長は、大型トラックほどの大きさがあった。無論そんな非常識な大きさの鳥類は地球上に実在しない。

よって、「これは夢だな」とひとまずは結論づけた。

懸は子供の頃からフルカラーの夢を毎日のように見る。夢の中で大変な目に遭《あ》ったり死亡したりすると、目覚めが悪い上に肉体的な疲労も覚えるのが常《つね》だ。

見ていた夢を起床時にあまり覚えていないタイプの弟妹には「なにそれ」と言われるのだが、睡眠中《すいみんちゅう》に「これが夢だ」とわかることは結構あって、そう意識した瞬間から自分の意思で自由に起きられる。

――今日は朝から小テストがあるから、さっさと起きないと。

そう思うのに、今朝《けさ》は一向に目を覚ますことができない。

いやな汗が噴き出す。いつもの夢の中より色々なものがクリアに見えるのがおかしい。質感だってリアルだ。なにより、今朝自分はいつもどおりに夢から覚めて起床し、着替えて朝食をとって家を出たはずだ。だけど。

――だけど、こんなことが現実のわけがないじゃないか……！

巨大な鳥の嘴が、己《おのれ》の身に迫《せま》る。瞬《まばた》きもできないまま、凍りついたように動けない。

不意に、強い力で引き寄せられた。

「……っ」

肩が抜けそうな勢いで振り回されて、反射的に目を閉じる。

一瞬自分の身になにが起こったのかわからず、閉じていた目を開けると、数秒前まで自分がいたと思《おぼ》しき場所に巨大ハクトウワシの頭があった。

ハクトウワシはカチカチと嘴を鳴らし、獲物が消えたな？　とでも言うように不思議そうにしている。

あの場にいたら、間違いなく頭ごと噛《か》み砕《くだ》かれていた。

その鳥から鋭い眼光を再び向けられて、懸はひっと息を呑む。

咄嗟《とっさ》に、自分を支えてくれているものにしがみついた。肌触りのいい厚手の布が、護《まも》るように懸の体を包んでくれる。ふんわりと鼻孔《びこう》を擽《くすぐ》る野草のような香りに、ほんの少しだけ緊張が解けた。

「――怪我はないか」

頭上から、低い声が降ってくる。震えながら顔を上げると、ハリウッド俳優もかくやというほどの美貌《びぼう》の男性が懸を見下ろしていた。

彫りが深く、鼻が高い。けれど、随分《ずいぶん》流暢《りゅうちょう》な日本語を話す。なによりも印象的なのは、蜂《はち》蜜《みつ》のような金色の虹彩だった。カラーコンタクトだろうか、とじっと見つめるが、瞳孔が動いたのを確認して、それが自然なものだと悟る。

不躾《ぶしつけ》にも無言のまま見つめていたら、視線が戸惑うように逸《そ》らされた。

「……下がっていなさい」

手を離されそうになり、反射的に縋《すが》り付《つ》く。

「っ、おい」

困惑の声をあげる彼にごめんなさいと言いたいが、言葉が出なかった。

「……っ、……」

すみません、足が震えて立っているのも難しいんです。

そう訴《うった》えたいのに、恐怖で喉が強張《こわば》り、声が出ない。もういい大人なのに情けないが、助けてくれた目の前の男性から離れることが、不安で堪《たま》らなかった。

金色の瞳の男は柳眉《りゅうび》を顰《ひそ》め、片腕で懸を抱き寄せて支えてくれる。

「サダルメリク。どういうつもりだ」

静かな、だが剣呑《けんのん》な声で男が問いを投げた。彼の視線の先には、まるでゲームの中に出てきそうな、貴族なのか騎士なのかよくわからない格好の長身の男が立っている。真紅の髪をしたアングロサクソン系の顔立ちの男性だ。

サダルメリクと呼ばれた男は、巨大なハクトウワシの頭を撫《な》でながら鼻で笑った。

「どういうもなにも、こいつが勝手にやったことだ。食われたら、その間抜けな奴が悪いのではないのか？」

懸を支えてくれている腕が、強張る。

一触即発の雰囲気に割って入ったのは、若い男性の声だった。

「——レオ様、サダルメリク様。まだ典礼の最中にございます。お控《ひか》えください」

その声に、二人ははっとしたように口を噤《つぐ》んだ。

彼らの様子から、恐らくあの怪鳥をけしかけられることはなさそうだと察し、懸はほっと息を吐く。命の危機を脱したせいか、周囲に目を配る余裕がほんの僅《わず》か生まれた。

——夢じゃないのなら、ここは一体どこなんだろう……。

駅の構内でないのは明らかで、けれど思い至る場所もなく困惑する。

懸がいるのは、体育館くらいの規模の洋風の大広間だ。体育館という印象を持ったのは、大きさだけでなくその建築物の天井《てんじょう》がアーチ型だからかもしれない。床はヘリンボーンのような寄木《よせぎ》張りで、よく磨《みが》かれている。細かな装飾のあしらわれた天井、彫刻の施された壁とモザイクでできた壁紙、壁に連《つら》なる大きな窓、柱は石材でできていて白く浮いているように見えた。

広間の中央には、懸とレオ、対面にはサダルメリクと大きなハクトウワシ。その右隣には長身で長い金髪の男性と、鳥と融合《ゆうごう》したかのような女性、左隣にはブルネットの髪の高校生くらいの少年と屈強な金髪の男性が立っている。彼には、獣《けもの》のような耳と尻尾があったので、人間ではないのかもしれない。

懸たちを取り囲むのは、大勢の成人男性たちだ。彼らも皆、レオたちと似たような、或《ある》いは聖職者のローブのようなものを纏《まと》っている。日本でなくとも、どの世界でもこのような集団をみかけることはあまりなさそうだ。

「……ハロウィンかな……」

ぽつりと落としたつぶやきに、レオがちらりとこちらを見る気配がした。

呆然《ぼうぜん》としていると、取り囲んでいた集団の中からいかにも聖職者然とした長身の青年がやってくる。

彼は懸を見下ろし、薄い唇を開いた。

「――あなたは、人間ですか?」

生まれて二十六年来、訊《き》かれたことのない問いに困惑する。ふざけているわけでもなさそうで、傍《かたわ》らのレオを見上げると、彼は促《うなが》すように懸の背を撫《な》でた。

「……そう、です」

一体どういう問答なのかと戸惑いながらも肯定すると、微かなどよめきが上がった。真面目《まじめ》にやりとりをするのも気恥ずかしい内容だ。

青年は軽く目を伏せ、徐《おもむ》ろに跪《ひざまず》いた。倣《なら》うように、ローブを纏った人々が膝をつく。裾《すそ》を捌《さば》く音がやけに大きく聞こえた。

「お慶《よろこ》び申し上げます、レオ様。並びに異界のお方」

彼らは懸にというよりは、レオに膝を折ったのだろう。

「本日ここに立太子宣明《せんめい》の儀《ぎ》を行い、法の定めるところにより、レオ殿下が王位継承権一位となられたことを内外に宣明いたします」

決して叫んでいるわけではないがよく通る声で青年が宣言する。にわかに屋内にどよめきが広がった。

それは喜んでいるようでも混乱しているようでもあり、また、不満の色も感じられるものだった。

――一体……なにがどうなっているんだ。

状況がまったく摑めず、周囲を見渡す。

対面のサダルメリクは、まるで射殺すような勢いでこちらを睨《にら》んでいた。先程の恐怖がよみがえり、ふらついた体をレオに支えられる。

他方、両側の青年たちは、事の成り行きにあまり興味がなさそうな様子だ。

懸は狼狽《ろうばい》しながら傍らのレオを見上げる。視線がかち合い、ぎくりとした。

——え……。

彼は、その金色の瞳で懸を睨み下ろしていた。思わず衣服にしがみついていた手を、離してしまう。

レオは眉間《みけん》に皺《しわ》を寄せ、顔を逸らした。ち、と舌打ちをされたのは、多分聞き間違いではない。

「——……こいつが来なければ……」

忌々《いまいま》しげに零《こぼ》れた声は、喧騒《けんそう》の中でもはっきりと懸の耳に届いた。

庇《かば》うような様子を見せてくれていたので味方のような気がしていたが、そうではなかったのかもしれない。

不明瞭《ふめいりょう》な状況における不安と、まるで裏切られたような心地に襲われて、懸は無意識に後ずさる。

——唯一頼れる相手だと、勝手に思いこんでしまってた。

勘違いだったのだと悟り、絶望的な気分に陥《おちい》った。羞恥《しゅうち》と不安、恐怖、色々な感情に襲われ、目眩《めまい》がする。

金色の、満月のような瞳が懸の姿を捕らえるのが視界に映《うつ》った。その瞳孔が開く。

「おい、――」

目が覚めたらやっぱりこれは夢だった、とはならないだろうか――そんなことを思いながら、懸は意識を手放した。


残念ながら、悪夢のような現実から覚めることはなかった。

客間と思われる凝《こ》った装飾の施された部屋のベッドの上で覚醒《かくせい》してすぐに視界に飛び込んできたのは、金髪碧眼《へきがん》の、透き通るような白い肌の美青年だった。

――……天使……？

彼の背中には大きく白い翼があり、その姿に一瞬天国に来たかと錯覚《さっかく》する。

夢かな、と無意識に呟いたら、天使に「これは現実ですよ」と淡々と言われてしまった。

目を瞬き、状況の把握《はあく》に努める。彼は、懸《かける》が意識を失っていたのはおよそ二時間ほどである、と教えてくれる。

不意に、自分が今まで力強く握っていた布が、掛布の類《たぐい》ではないことに気がついた。

恐る恐る視線を上にたどっていくと、金色の瞳の男――レオがむっつりとした表情でこちらを見ている。

「――っ」

どうやらレオは、懸がしがみついて離さなかったせいで添い寝のような状態を強制されていたようだ。意識を失う直前に手を離したはずが、無意識に縋《すが》ってしまったのかもしれない。ずっと彼の腕や胸を枕にしていたらしい。

懸は、弾《はじ》かれるように身を起こした。レオもまた、ゆっくりと身を起こす。

形のよい唇が不満そうに曲げられていて、不興を買ったかと青褪《あおざ》めた。レオは右目を眇《すが》め、嘆息する。

意識を失う前の忌々しげな声を思い出して、指先が震えた

――引き剝《は》がすなり叩き起こすなりしてくれてよかったんですが……。

だがそんなことを言うわけにもいかず、消え入りそうな声で「申し訳ありませんでした」と謝罪する。レオは、「別にいい」とそっけなく言った。

「――アルレシャ」

レオが聞き覚えのない言葉を口にする。それは天使の名前だったようで、アルレシャと呼ばれた彼ははいと頷いて、部屋の隅にある水差しの方へと歩いていった。

「……あの、ここは、一体」

おずおずと問いかけると、レオはまた大きな溜息を吐いた。いかにも面倒だと言わんばかりに苛立《いらだ》った彼の様子が、心細くて不安な懸の心に障《さわ》り、肌がひりつく。

「神殿だ」

「神殿……」

仰々《ぎょうぎょう》しい名称を復唱し、両腕をさすりながら窓の外に目を向ける。そこには見たことのない街並みが広がっていた。日本でないことは間違いない。高い建物も見当たらず、遠くに小さな集落が点在していた。

夢ではない。けれどここがどこかもわからない。じわじわと襲ってくる恐怖心に背を押されるように、懸は口を開いた。

「あの、ここはどこなんでしょうか。……私は、なにかの用事が済めば、家に帰してもらえるんでしょうか」

問いかけに、レオが眉《まゆ》を顰める。

「それは無理だ。呼ばれたら帰ることはできない」

「え……っ」

「招聘人《しょうへいじん》に限らず、そういうものだ」

そういうものだと言われて、そうですかと納得などできるはずがない。帰れないとは、どういうことなのか。

「っ……、な、何故ですか……、どうして僕なんですかっ」

人称を取り繕《つくろ》う余裕もないほどに動揺して問い詰めると、レオは眦《まなじり》を吊り上げた。

「俺とて、貴様など呼ぶ気はなかった！」

「——！」

険《けわ》しい表情の美形に鼓膜《こまく》が痛むほどの勢いで怒鳴りつけられ、ひくっと喉が鳴る。

——貴様などって、そんな言い方。

懸のほうこそ、来たくて来たわけではない。呼んでと頼んだ覚えもない。

知らない場所に突然連れてこられ、もう二度と帰れない、だがお前など呼ぶ気もなかったなどと言われては、遣る瀬《やせ》無い。

アルレシャが「レオ様」と諭《さと》す口調で呼び、彼は我に返るようにはっと瞠目《どうもく》した。

「っ、おい」

彼の焦った声で、自分が泣いていることに気が付いた。

泣くつもりなどなかったのに、頬を涙が伝う感触がする。

こちらに来てから今の今まで、非現実的な事象に恐怖し混乱するばかりで心が麻痺《まひ》していた。

けれど、理不尽な状況に置かれていることにゆっくりと怒りが湧いてくる。

懸は、子供の頃からあまり泣くことはなかった。性格的なものもあるが、母子家庭で年の離れた弟妹がおり、自分がしっかりしなければと思っていたから尚更《なおさら》だ。まさかこんな年になって人前で泣くなど思いもよらなかった。

――知らなかった。怒りで、涙が出るなんて。

元来穏やかな性格で、本気で憤慨《ふんがい》したことだって殆《ほとん》どないのだ。

無論、この感情は怒りばかりではない。化け物に襲われかけ、命の危機を脱した安堵《あんど》、自分の身がどうなるかわからない恐怖と不安、もう元の世界に戻ることはおろか、家族とも会えないのだという絶望。それらが複雑に絡み合って押し寄せてきて、心が不安定に揺らぐ。

「母さん、輝《ひかり》、望《のぞみ》……」

もういい大人なのにと思うけれど、涙が溢《あふ》れて止まらない。表情もないまま、まるで涙腺が決壊したかのように滂沱《ぼうだ》の涙を零《こぼ》す懸に、レオが目に見えて狼狽していた。

「あ、アルレシャ」

おろおろと助けを求めるようにレオがアルレシャを呼ぶ。アルレシャは小さく息を吐き、ハンカチを懸の目元に当ててくれた。

宗教画の天使のような容貌《ようぼう》の彼は、無表情のまま、子供にするように優しく懸の背中を叩いてくれる。

「っ、ぅ……」

ずっと喉で詰まって出てこなかった嗚咽《おえつ》がやっと漏れた。堰《せき》を切ったように泣きながら、懸はアルレシャの貸してくれたハンカチを瞼《まぶた》に、口元に押し当てた。

声を嚙み殺し、苦心して涙を止めようとしたが上手くいかない。

「……レオ様のお気持ちはお察しいたしますが、先程の彼に対する言葉は、あまりに配慮《はいりょ》に欠けていたかと」

下臣《かしん》と思われるアルレシャに諭され、レオはばつの悪そうな顔をした。線の細い彼に叱《しか》られ、縮《ちぢ》こまるように項垂《うなだ》れる。

「そうだな。……その通りだ」

幾度目《いくどめ》か、大きな溜息を吐いてレオは頭を搔《か》いた。改めて、対面の懸に向き直る。

ハンカチを顔に当てたまま肩を強張らせると、レオが気まずげに眉を顰めた。

「……悪かった。余裕をなくし、お前に八つ当たりをした」

ぐす、と鼻をすすりながら、その言葉にうっすらと彼なりの事情があったのだろうと察する。

意識を失う寸前、懸を絶望に陥《おとしい》れた「こいつが来なければ」という言葉も、そこに通じるのかもしれない。

頭を振ると、レオは安堵したような、気まずそうな表情になる。

非常に決まりの悪そうな様子で、レオが濡れた懸の頰を拭《ぬぐ》った。無骨な手の意外な優しさに、強張っていた体からほんの少し力が抜ける。瞼を伏せて息を吐くと、触れていた指先が微《かす》かに揺れた。

「――失礼します」

不意に、ドアを叩く音が聞こえる。レオが入れ、と返すと、ドアの向こうから真っ白なローブに身を包んだ美しい顔立ちの青年が顔を見せた。

その顔に少々見覚えがあり、彼が大広間でレオと懸の前に跪いた神官だと気づく。そして彼も、ベッドに座るレオと懸を見て、驚いたように目を丸くした。

恐らく偉《えら》い立場にあるだろう彼と同じ場所に座っているのは流石《さすが》にまずいかと、慌ててベッドを降りる。

神官は特に追及することもなく、如才《じょさい》なく微笑《ほほえ》みを浮かべた。

「起きられたのですね、よかった。お加減はいかがですか」

「……お陰様で、大丈夫です」

「それはよかった。……起き抜けに大変申し訳ないのですが、こちらにかけていただけますか」

神官に促されて、部屋の中央にあるダイニングテーブルほどの大きさの机の前に座らされた。

「突然のことで驚かれたと思います。水かワインをご用意いたしますが」

「あ……では、水を頂《いただ》けますか」

はい、と頷いた神官ではなく、アルレシャが銀色の水差しから、同じく銀色のゴブレットに水を注ぐ。礼を言って受け取って口に含むと、水道水というよりミネラルウォーターのような味がした。

朝から緊張の連続で、自分で思っていたよりも喉が渇《かわ》いていたらしい。一杯分の水をすぐに飲み干してしまった。

「ではご説明いたします。なにかご質問があれば仰ってください」

懸が一息つくのを待ってから、神官はそう口を開いた。

「まずお名前と、お国を教えて頂けますか」

「……樋口《ひぐち》懸と、申します。日本で生まれ育ちました」

神官は特に驚いた様子もなく、なるほど、と頷いた。ちらりと部屋の奥のレオを窺《うかが》うも、彼はなんの反応も示さない。その傍《かたわ》らに、アルレシャが控《ひか》えていた。

「年齢はおいくつですか」

「今年、二十六歳になります」

答えた懸に、室内の全員の視線が突き刺さるように飛んでくる。私服で外を歩いていると、今でも高校生に間違われることがあるので、その視線の意味は言われずとも察した。

一応スーツを着ているのに、と思ったが、こちらの世界の人々には成人男性らしい服装かどうかの判断は不可能に違いない。

こほん、と咳払《せきばら》いをし、神官が「では」と仕切り直す。

「まず懸様の生まれ育った『地球』と『こちら』での大きな違いを説明いたします」

曰《いわ》く、この世界には人間のほか、家畜や家禽《かきん》などの動物、懸を襲おうとした怪鳥のような魔獣、そして一見人型にも見えるが羽や尻尾が生えていたり、鱗《うろこ》や毛皮に体を覆《おお》われていたりする亜人《あじん》が存在する。

外見的特徴《とくちょう》を聞くと、狼男や人魚、ハーピー、ミノタウロス、ケンタウロスなどのような人々を指すようだ。

――もしかして、アルレシャさんやさっき広間にいた人たちが「亜人」なのかな……。

説明によれば人語を話すのは人間、亜人、魔獣の一部。ヒエラルキーは人間が一番上。

魔獣は従魔契約を結んでいる場合を除き、人里には存在しない。

一方、亜人はほぼ奴隷扱《どれいあつか》いである、と説明され、まさしく亜人であると思《おぼ》しきアルレシャが傍にいるのにとぎょっとした。

けれど、懸以外の誰もが、そのことを気に留める様子もない。説明にも、彼らの態度にも引っかかり、あの、と懸は挙手をした。

「何故、亜人のひとは……その、奴隷扱いなのですか」

「亜人は人間と魔獣が交わってできたと信じられているからです」

「……異種間同士での生殖《せいしょく》が可能なのですか？」

重ねた質問に、神官は首を振る。

「生殖は不可能です。そして人間と動物、人間と魔獣の交わりは法で禁じられています」

それならば、先程の説が成り立たないのでは、と困惑した。

「ただし人間と亜人での生殖は可能で、法でも禁じられてはいません。が、婚姻《こんいん》はできません」

「……それは、亜人のひとが奴隷だからですか」

「そのとおりです」

飲み込みが早いとばかりに笑顔を返され、複雑な心情に陥る。ならば、生まれた子供はどうなるのだろう。

思わず、横目でレオをうかがった。彼のアルレシャへの態度は、奴隷に対するものとは違っていたように思う。それはアルレシャも同じだ。彼らの遣《や》り取《と》りからは上下関係が読み取れたものの、もっと気のおけない様子に見えた。

だがこの場でそれを彼らに問うわけにはいかないので、口を噤《つぐ》む。

「もうひとつ、懸様の世界とは大きく違うのは、魔法が存在するという点だと思いますが……懸様は魔法を使うことはできますか？」

「いえ、それはできないです……」

三十歳まで童貞ならば魔法使いになれる、という都市伝説ネタがあるものの、地球の人間で実際に使えるものはまずいないはずだ。

「わかりました。魔法は、動物を除いてほぼ誰もが使うことができます」

ただし、懸のように地球からやってきた人間は、訓練しても使えることはないという。

魔法には四元素である土・水・風・火の種類があり、先の説明の通り動物以外のあらゆる生物が使用できるが、向き不向きがあるそうだ。

彼の説明を平たく言うと、例えば火の属性であれば、ライター程度の小さな火を起こすことなら誰でもできるが、キャンプファイヤーくらいの大きさまで作れる者となると格段に人数が減り、巨大な火の玉を作れるのはごく僅か、という具合である。

「ただし、魔布と呼ばれる道具がありまして、それを利用すると大きな魔法が使えるようになります。こちらは、神殿の許可を得られた者にしか付与されません」

これは質問せずともわかるが、許可制ということは、奴隷である亜人や、人語を話さない魔獣には付与されることはないのだろう。

「なるほど……回復魔法や蘇生《そせい》魔法はあるんですか？」

「ありません。それに、転移魔法も存在しません」

その言葉に一瞬疑問が浮かんだが、その謎《なぞ》が形になる前に神官がくるりと踵《きびす》を返した。部屋の隅に置かれた本棚に飾られていた球体の模型を携《たずさ》えて戻ってくる。

「次は、この世界のご説明に移らせていただきます」

「……地球儀？」

地球儀によく似た模型に、思わず声を上げた。けれど、そこに示されている大陸は見知ったものではない。アルファベットで大陸名と思《おぼ》しきものが記載されているが、地球と同じものはひとつもなかった。

「これは『地球儀』と呼ばれていますが、ここは『地球』ではありません」

神官は朗らかに言いながら球体をくるっと回転させる。

「もっと言うと、こちらも正確な縮尺や経度《けいど》で作られたものではないのです」

じゃあなんのために、というのが顔に出たのか、神官は微笑んだ。

「地球儀に限ったことではありませんが、ある程度の情報を摑んで頂けるかと思います。確認できている大陸がどれくらいあるのか、この国は大体どこに位置しているのか。——それと、『地球』から来た人がいる、またはいたこと、この世界の知識などがここから読めませんか」

そう言われてみれば、これだけ見ても地動説が採用されていること、ある程度の測量技術はあり、経度という概念はあるが測定自体はまだ難しいということ、つまり正確な時計が存在しないこと、書き文字はアルファベットが採用されていることなどがわかる。

確かに、と呟くと、神官は目を細め、細い指先でひとつの大陸を指差した。

「ここが、我が国です」

北半球に、オーストラリアのような形の、特に大きな大陸がある。地球でいえば、ユーラシア大陸のようなものだろうか。正確な縮尺ではないと言っていたので、実質どの程度の大きさかはわからないが、多少の誤差はあれ広い大陸ではありそうだ。

その大陸の中央を分断するように大きく占めるのが、この国だという。

——実際どうかわからないけど、気候は日本に似ているのかな……。

神官は再び本棚に行き今度は地図を持ってきた。ベージュ色のそれは紙ではなく、動物の皮のようなもので作られている。大陸の南側に位置するこの国を大写しにしたこちらは海図にも似ていた。

——……大まかに、四つに分かれてる？

ひし形のような国は東西南北に分かれ、その中央には「temple」と書かれていた。地図を読むに、標高の高い場所にあるようで、東西南北の土地に通ずる街道を見下ろしている。神官が中央を指した。

「今我々がいるのが、こちらの『神殿』です。王はこちらに住まい、国を統治します」

ということは、神殿は王宮の役割も担《にな》っているのか。

地図上では四方から攻め放題に見えないこともないが、要塞化《ようさいか》しているのかもしれない。

「他の国との外交はあるんですか？」

「ご覧のとおり我が国は大きな山に囲まれているので、陸地からの貿易が盛んとは言い難《がた》いかもしれません。その代わり、海に面しているので交易港があります」

推測するに、造船の技術もあるようだ。知識や技術が地球におけるどの時代に相当するものなのか、と考えてみたが、地球儀を見るに、懸のように地球からやってきた人の技術が導入されているため、安易に比較できるものではないのかもしれない。

——……地図を見ると、北の土地は不便そうだな。

南は広い海域に面しており、恐らくここが港町として盛んに貿易を行っているのだろう。東、西、は山と接してはいるが、街道が何本か通っており、接地面は小さくとも海に面した土地もある。

一方で北は、四地域の中で一番土地は広いものの、他国との交易が可能そうな道があまりない。山脈を越えると岩石海岸となっており、必然的に東か西を経《へ》る必要がある。もしかしたら、広い土地の上半分くらいまでは豪雪地帯で、人が住みにくいのかもしれない。

「現在、この四方の土地を先王の王子たちが治めております。東方を第四王子のネカル様が、西方を第三王子のサダルメリク様が、南方を第一王子のシュルマ様が、北方を第二王子のレオ様が」

思わず顔を上げる。レオは相変わらず、無言のままだ。

——……一番治めにくそうな土地にいるのは、自分で選んだ？　それとも押し付けられた？

……どちらなんだろう。

或いは、地図上では統治しにくそうに見えるが、過ごしやすい土地だったりするのだろうか。

訊《たず》ねていいものか決めあぐね、ひとまず黙り込む。

そして、もうひとつ浮かんだ疑問を投げかけた。

「あの……統治は王様がされてらっしゃるのですよね」

懸が気を失う前に眼前の神官が告げたのは、レオを王位継承権一位に指名する、という言葉だった。だがあの場に、「王」と呼べる人がいたかどうかは記憶にない。

神官は一旦《いったん》口を閉じ、居住まいを正した。

「……つい先日、王がお斃《たお》れになり、急遽《きゅうきょ》お世継ぎを決めることになったのです」

「えっ……？」

ということは、王位継承権を決めるというのは、立太子というよりむしろ即位と同義ではないのだろうか。

「何故そんなことに？　あらかじめ王位継承権一位の王子が決まっているのではないのですか」

「この国では、不慮の事態を除き、継承権を持つお方が全て成人年齢に達するまでは立太子礼を行わないのです。今回の場合で言えば、先王の領地を継いで東方領主となられた第四王子のネカル様が十七歳であられるので、立太子礼は早くとも三年後の予定でした」

この国では王位継承権は王の指名によって得ることができ、当該者《とうがいしゃ》は成人――二十歳を迎えるのと同時に東西南北の領地のいずれかを前領主から引き継いで治める。この時点では順位は存在しない。通常はそれから数十年、王が身罷《みまか》るまで領地を治め続けるのだ。

なお、王位を継いだ領主は引き続きその土地を治めることもできるし、実子、もしくは指名した人物に引き継ぐことも可能だという。先王は体調を崩し始めた一昨年頃に末子で当時十五歳だった第四王子に東方領を早めに譲《ゆず》り渡《わた》した。

そして不慮の事態――王の急逝《きゅうせい》により、召喚の儀が行われたということだ。

「指名と言っても、誰を選んでも構わないというわけではありません。条件は、『召喚魔法』

が使えるか否《いな》か、です」

召喚魔法に限らず、個々人の魔法の属性などは神殿で鑑定が可能だそうだ。リトマス試験紙のような、魔法用の特殊な検査用紙があるのだという。

「先程、『転移魔法はない』とご説明いたしましたが、類似するものは存在します。それが我が国の王族——正確には、一部の王侯貴族のみにしか使うことのできない『召喚魔法』です」

魔法の説明を聞いている最中に違和感を覚えたのはそこだ。懸がここにいるのは、転移ではなく召喚によるものらしい。呼ばれたほうにはどちらでも大差はなかったが、平たく言えば召喚魔法は一方通行で、「呼べる」が「帰せない」ということだ。

「継承順位は、儀式でなにを呼び出したかで決定します」

呼び出せるものは動物、魔獣、亜人が主《おも》であり、これらも恐らく「ここではない場所」から召喚されるそうだ。

魔獣、亜人、動物の順で優位になる。もし同じ種族、例えば全員が魔獣だった場合は、魔獣同士での殺し合いが行われ、生き残った魔獣の召喚者が継承権を得るそうだ。殺し合い、という比喩《ひゆ》ではない単語に懸はぞっとする。

「けれど、数十年、ないし数百年かに一度、『人間』が召喚されます」

その数少ないレアケースが懸だと、そういうことなのだろう。

よりによって何故、自分なのか。

「そして、『人間』が召喚された場合は検討なしに、召喚者が継承権一位となります」

「な、なんでですかっ⁉」

思わず立ち上がって、大声を出してしまう。そんな行動に驚いたのか、神官だけでなく、レオもアルレシャも目を丸くしていた。

あっ、と声を上げ、懸は腰を下ろす。

「す、すみません。でも、何故なんですか。私は、なにもできないただの人間です」

確かにこの世界ではヒエラルキーの頂点にいるのは人間なのだろう。だがそれはきっと「魔法」が使えるからだ。神官も説明していたように、召喚された人間は魔法が使えない。それなのに何故、絶対優位とされるのか理解ができない。

懸の困惑ぶりを見て、神官は鷹揚《おうよう》に微笑む。

「それは、召喚される確率がごく低いからというだけでなく、招聘人はほぼ必ず産業革命を齎《もたら》すからです」

恐らく、懸をフォローするために言ってくれたのだろう。

神官がその美貌に微笑を乗せながら告げた言葉に、懸は奈落《ならく》に突き落とされる。

——産業革命って……そんな。

荷が勝つ使命にもほどがある。また失神してしまいそうだ。

「我が国が他国よりも栄え、力を持つのは、懸様たち招聘人の方々の補翼《ほよく》の賜《たまもの》です。時には王よりも尊ばれ、王族であっても危害を加えることは許されません」

椅子に座っているので目眩がしても倒れずに済んだが、己の窮地《きゅうち》をじわじわと実感して、血の気が引く。

――無茶だ。

自分は、至極平凡で平均的な、日本人の成人男性である。ごく普通の、公立高校で理科を教えるただの教師だ。

――……なにも与えるものがないと知られたら、僕は無事でいられるんだろうか。

同じ種族が召喚されたら殺し合って決めると言っていた。凡人の自分ももしかしたら、と身震いする。

便利なものはたくさん知っている。だがそれを作ることはできない。地球儀は知っていても測量の方法なんて知らない。メルカトル図法の名称は知っていても、地球儀を平面の地図になんてできない。ガラスのコップは知っていても、ガラスの製法なんて知らない。電気は知っているけれど、電球を作る素材の作り方も、安定供給の仕方も知らない。

「――懸様は、元の世界ではなにをなさっていたのですか？」

当然といえば当然の質問に、ぎくりとする。

期待に満ちた目で見られ、息を呑《の》む。まるで水中にでもいるように、息が苦しかった。

「……教師を、していました」

どうにか絞《しぼ》り出《だ》した懸の言葉に、神官が不思議な顔をする。

「教師……？　家庭教師、ということですか」

「いえ、あの、学校で、理科を教えていました」

ガッコウ、リカ、とまるで聞いたこともないとばかりに神官が復唱し首を傾《かし》げる。レオも少し困惑気味の表情に見えた。

「私の生まれ育った国では、法律で子供に教育を受けさせる義務が定められ、教育を受ける権利を国民が有し、その決まりに拠《よ》る教育を『義務教育』と呼びます。子供たちが通う教育機関を『学校』といい、そこで私は『理科』という教科を教えていました」

嚙み砕いて説明したが、やはりピンとこないらしい。二人とも、不可解そうな顔をしている。

「……教育を受ける権利、というのは身分の差なく誰にでもあるのか」

意外にも質問をしてきたのはレオで、少々驚きながらも懸は頷く。

「はい。……というよりも、私の生まれた国では、『身分』というものが基本的に存在しません。奴隷もおりませんし」

なんとなく誤解がありそうなので付け足すと、これにも二人は驚いた顔をした。懸より前にやってきたという「人間」は身分のある時代や地域の人だったのだろうか。或《ある》いは、同じ説明をしていたとして、国の制度を変えるには至らなかったということなのかもしれない。

——映像や音声記録もないし、正しく伝わらないことも多そうだし……。

現代日本で生まれ育った懸には、人語を解し、人型と違う人々を奴隷としている現状が生理的に受け付けられない。

だが、これが彼らの常識だというのなら、否定するのも得策ではない。唇を引き結ぶと、神官が小さく笑う気配がした。

怪訝《けげん》に思って顔を上げると、神官が「失礼」と咳払《せきばら》いをする。

「……今代の『招聘人』も、言い伝えの通りなのだなと」

「え」

「だから、レオ様のもとへ来られたのかもしれませんね」

にこりと微笑んで、神官が席を立つ。

「では、説明はここまでとなります。もし、なにかありましたらお気軽にご相談、お申し付けください。神殿にある文献等も懸様は閲覧自由ですので、もしご覧になられたい場合はお声がけいただければご用意いたします」

「あ、はい。ありがとうございました」

慌てて懸も席を立ち、頭を下げる。神官はまた小さく笑い「なるほど、日本か」と呟いて部屋を出ていった。

「……さて」

低く呟かれた声に、びくりと身を竦《すく》ませる。懸の反応に、レオは目を瞠《みは》った。

「あの……」

「ひとまず、お前には俺の城へ来てもらう」

同種が召喚され殺し合い勝負になった場合を除き、召喚された生き物は基本的に召喚者との従属契約が自動的に結ばれるので、召喚者の傍にいるのがセオリーらしい。従属すると、主《あるじ》に対し従順となるそうだ。

「えっ……じゃあ私も……？」

「いや、人間とは従属契約が結べない。私も招聘人については、伝説程度にとらえていたので詳《くわ》しくはないが……、どのみち今回は物騒なので、命が惜しいなら離れないほうがいい」

唐突に不穏な言葉を投げつけられ、ひっと息を吞む。

「物騒、というのは……？」

「……サダルメリクが、仕掛けて来ないとも限らない」

サダルメリクというのは、西方の土地を治めている第三王子のことだったか。彼は、あの巨大な鷲を召喚していた。そんなことを思い出し、はっとする。

——従属契約をしたら、従順になるって言ってたよね。

もしかしたら、あの魔獣が懸を食おうとしたのは、サダルメリクが仕掛けていたからだろうか。思わず縋るようにレオを見る。

「……サダルメリクとは、昔から反りが合わなくてな。継承権を奪おうと攻撃してくる可能性のほうが高い。我々に直接しかけてくる可能性もある、が、継承権の最大の理由である招聘人にひそかに仕掛けてこないとも限らない」

――つまり僕が殺される可能性があるってことですか、それは。

魔獣の嘴が迫ってきたことが思い出され、体が震える。

レオは息を吐き、腰を上げた。

「……希望とあらば、神殿に残ってもいい。ここにいれば手出しはできない可能性が高まる」

可能性がゼロになるとは言ってくれないことに震えながら、いいえ、と首を振る。

従属契約は結ばれていないと言っていたし、置いていかれる不安のほうが大きかった。手出ししにくいのは本当かもしれないが、大広間で襲われかけたときに助けてくれたのは、目の前にいるレオだ。

「できれば、お傍にいたいです」

不安から、声が震える。レオは金色の瞳を瞠り、わかったと頷いて懸から目を逸らせた。

懸《かける》が異世界へやってきて――レオの城の世話になりはじめてから、一月が経過した。

こちらへ来たときに持っていた荷物は、気を失った際に神殿がきちんと預かっていてくれて、レオの城へ移るときに返してもらった。通勤時にいつも持っていた、定期入れ、財布、携帯電話、ハンカチ、ティッシュ、家の鍵、USBメモリ、筆記用具、そして授業準備とテスト問題作成のために持ち帰っていた物理と生物の教科書。最初の一週間は、とにかくそれらを眺めて、やっぱり夢なんじゃないだろうかとぼんやりと疑ったりして過ごしていた。

やがて、現在置かれている状況が現実であること、そして元の世界には戻れないのだということをじわじわと実感し始めた。

説明を受け、頭では理解していたつもりが、一ヵ月もの時間をかけてようやく体感が伴《ともな》ってきたのだ。

寂寥《せきりょう》と、言いようのない恐怖に囚《とら》われそうになり、誤魔化すよう振り切るようにと懸がとった行動は、まずこの世界を知ろうとすることだった。

「――レオ様」

執務室に向かう途中のレオを呼び止める。レオは足を止め、振り返った。

「今日も、図書館をお借りしたいのですが」

「わかった。なにかあったら、側仕《そばづか》えに言うといい」

そう言うなり、レオはくるりと踵を返す。わざわざ声をかけるのは、所在を知らせておくためだ。それに、レオと一日一回は必ず言葉をかわそうと決めていたからである。

小さく息を吐き、レオが「側仕え」としてつけてくれたアルレシャを見た。彼は、本来はレオの秘書のような役割を担《にな》っていたそうだが、この城にやってきてからは懸の護衛を仰《おお》せつかったらしく傍にいてくれている。

「今日も、図書館に行きたいと思います」

懸の言葉に、アルレシャはお辞儀をして了承の意を示した。レオだけでなく、アルレシャもあまり懸とは口をきいてくれない。落ち込みそうになるが、どうにか気持ちを立て直した。

城の中にある図書館は、高校の図書室と規模はあまり変わらない広さだ。そもそも本は貴重らしく、数が多くない。書物の素材は基本的には羊皮紙のようなもので作られており、冊子状のものと巻物状のものが混在していた。

――もし僕が和紙職人だったら、彼らの望む「産業革命」とやらが起こせたかも知れないな……。

とはいえ、革命が起こせるからこその高待遇だと聞いていたが、それを急《せ》かされることもなければ、なにができるのかとレオから問い詰められることもない。することもなく、城で放置されている。

けれど執行猶予《ゆうよ》を与えられただけのような状態なのだろうと、気が緩《ゆる》むことはなかった。

とにかくこの世界のことを知ろうと、連日書物に目を通していた。内容は、「招聘人」について記載されたものだ。

――本当は、レオ様やアルレシャさんに訊ければいいんだけど……なにせあまり、口をきいてくれないしな……。

それは他の使用人たちも同じだ。懸を見ると、皆そそくさといなくなってしまう。

微かな溜息を吐き、ぺらりとページを捲《めく》る。

――文字は、「招聘人」が持ち込んだ。

羊皮紙の上に刻まれた文字は、全てアルファベットである。だが、英単語とは思えない文字列のものが多く見られ、文法もＳＯＶ型とＳＶＯ型が混在しているのは、恐らく接触言語化し、時を経て独自に変化をしていったからだろう。

――こういうのって、ピジン言語って言うんだっけ……？　もしかしたら、この世界の本来の言語がＳＯＶ型なのかもしれないな。

それは懸には確かめようがない。こちらの人々は、日本語でもない、英語でもない、独自の言語で話している。書物を読んで知ったのだが、招聘人はこちらの世界に来ると、言語が自動で翻訳《ほんやく》されてしまうようなのだ。そして、歴代の招聘人は日本人ばかりではなかったようだ。

――文字を決めたのは、多分英語圏の人なんだろう。……キリル文字とか他のアジア系の人じゃなくてよかった。

この一ヵ月間、どうにか本を読み進めて知ったことはその他にも色々ある。

貨幣《かへい》は存在し、複式簿記も存在すること。

識字率は低く、王侯貴族などの知識階級以外はほぼ字が読めないこと。亜人で読み書きができる者はほぼいないこと。女性で文字が読めるのは貴族階級の四割程度。

医学分野はあるが、どちらかといえば呪術などの領域に近い。化学、科学分野はないが、魔法の研究にそれらと似た科目がある。

王侯貴族は一夫多妻が許されている。

――そして、人間は亜人を嫌い、亜人は人間を嫌っている。

前者はこの国の「常識」で、後者は懸の実感だ。

ぱたんと本を閉じ、懸は息を吐く。

「あの、アルレシャさん」

傍で黙って控えていたアルレシャに声をかける。相変わらず現実離れした美しさを持つ彼は、金色の睫毛《まつげ》を瞬《しばた》かせた。

「中庭に行って、少しお話しできませんか」

懸の申し出に、平素より無表情の彼が微かに瞠目《どうもく》した。表情が変わった、と思ったのは一瞬で、すぐにもとに戻る。

「ご命令とあらば」

「命令というか……お願いします」

なにも違いがないじゃないかというような顔をしたアルレシャとともに、中庭に出る。城壁で囲まれた庭は芝が敷かれ、日当たりもいい。

丁度昼時だからだろうか、下働きの子供たちが大勢遊んでいた。彼らも皆亜人だ。

――輝《ひかり》と望《のぞみ》、元気にしてるかな……。

中庭できゃっきゃと遊んでいる子供たちよりは大きいが、元の世界にいるはずの弟妹、クラスの生徒たちを思い出して胸が苦しくなる。

元の世界で、懸のことはどうなっているのだろう。行方不明となっているのか、それともはじめから存在しないことになっているのか。確かめる術《すべ》はない。

「――あっ」

鬼ごっこをしていた子供のひとりが、つんのめって転んだ。少年の頭には羊のような渦巻《うずまき》状《じょう》の角が生えている。それが地面に刺さったか雑草に絡まったかで抜けないようだ。

起きられず、泣きながらもがいている少年を助けるでもなく、子供たちは笑っている。そのうちの一人、狼《おおかみ》の頭の少年が、泣いている子の背中を軽く踏みつけた。

「……懸様？」

考えるより先に立ち上がり、懸は駆け寄った。

突如《とつじょ》近づいてきた人間の懸に、子供たちは顔色を変えてわあっと逃げる。状況がわからないらしい羊の角の少年は「なに？　どうしたの？」と不安そうな声を上げた。

「じっとしてて、傷がついたら大変だよ」

そう声をかけ、柔らかい草に絡んでしまっていた角を外してやる。真っ白でふわふわの髪も相俟《あいま》って、本当に羊のような可愛《かわい》らしい子だった。

「ありが……」

身を起こし、お礼を言いかけていた少年は、目の前にいるのが懸だと知って青褪《あおざ》めた。

「も、もうしわけありません……！」

がたがたと震えながら、少年が土下座する。礼を言われることこそあれ、こんな小さな少年に土下座をされるような謂《いわ》れも覚えもない。

戸惑って、追いかけてきていたアルレシャを振り返る。彼はなにも言わなかったが、懸が

──人間が近くにいるのだから当然だ、というような顔をしていた。

──普段、人間からよほどひどい扱いを受けているのかな。

小さな子にさえそう思われるような世の中なのだと、嫌になる。懸は息を吐き、少年をひょいと抱き上げた。

「──……っ」

可哀想《かわいそう》に、声にならない悲鳴を上げて少年が震えている。

苦笑して、懸は少年を膝の上に抱いた。怯《おび》えていた彼の体からふっと力が抜け、戸惑うようにこちらを見上げる。

「大丈夫？　痛いところはない？」

少年が、ぎこちなく頷いた。

まだ弟妹が小さな頃、よく懸の膝の上に乗りたがって競争していたことを思い出してしまう。

「手とか擦《す》りむいてないかな？」

問いかけに、彼は小さな掌《てのひら》をおずおずとこちらに向けた。羊がベースの亜人のようだが、手の形は蹄《ひづめ》ではなく人と同じだ。耳は人間のものではなく羊のような形をしており、瞳孔は有蹄《ゆうてい》類《るい》のように横長のものだった。

可愛らしい小さな手に怪我はないが、土埃《つちぼこり》で汚れてしまっている。元の世界から持ってきていたハンカチで拭《ぬぐ》ってやり、丸い頬も汚れていたので優しく拭《ふ》いた。踏まれたせいで汚れた背中も払う。

「懸様。……あまり、城の者と関わり合いになられないほうがよろしいかと思います」

アルレシャの進言に、懸は苦笑する。

「泣いている子を放っておくのは、私には無理かもしれないです。……一応、先生なので」

小学校の教員免許は残念ながら所持していないのだけれど、と言うと、アルレシャは意味がわからなかったようで不思議そうな顔をした。

懸は植え込みのほうへ顔を向ける。その陰に隠れて、子供たちがこちらの様子をうかがっていた。

だが懸から殆ど丸見えで隠れていない。

「さっきの狼の子、出てきなさい」

できるだけ柔らかな声で言うと、彼はまるで生贄《いけにえ》に差し出されるかのように悲愴な顔をして植え込みから出てきた。他の子たちに文字通り背中を押されたのかもしれない。

懸様、とアルレシャが焦《あせ》ったような声をあげた。

「なにも取って食うわけじゃないよ」

案外洒落《しゃれ》になっていない科白《セリフ》だったようで、アルレシャがほっとしたのが見て取れた。

——この世界の人間ってどうなってるの……。

一方の狼の少年の顔は毛皮に覆われて見えないものの、恐らく真っ青だ。

「お名前は？」

「ぷ……プロキオン、です」

「プロキオン。さっき、この子の背中を踏んだね？　どうして？」

優しく問いかけたつもりだが、プロキオンの尻尾《しっぽ》がぶわっと大きく膨《ふく》らんだ。耳も折れて震えている。

「ご、ご、ごめんなさ……」

がたがたと身を震わせ、仔狼が涙を零す。懸が神殿で魔獣に襲われたときと同じくらいの恐怖心を、もしかしたら味わっているのかも知れない。

それほど怯えさせるつもりはなかったので内心焦ったが、懸は手招きをして、傍に座らせた。

「怒っているわけじゃないですよ。でも、さっき君がしたのはいいこと？　悪いこと？」

「わ、悪いこと、です」

そうだね、と狼の頭を優しく撫《な》でる。彼の全身の毛が逆立《さかだ》った。

だがすぐに害意がないことを察したのか、潤んだ目でうかがうように懸を見る。

「じゃあ、ごめんなさいできる？」

こくりと頷き、プロキオンは懸の膝にいる羊の少年に向き直った。

「踏んで、ごめんなさい」

「……いーよ」

きちんと謝れた子、許してあげられた子の頭を、よしよしと撫でる。肝《きも》は羊の子のほうが据《す》わっているのか、可愛らしい笑顔になり、ぎゅっと懸にしがみついてきた。

「二人ともいい子ですね。お友達が困っていたら、笑ったりいじめたりしないで、助けてあげられる子になりましょうね」

はい、と二人ともいい子のお返事をする。小学校の先生でもよかったかなあと思いながらいい子いい子と撫でていたら、プロキオンのほうも微かに尻尾を振っていた。

「あのね、しょうへいさまもいっしょにあそぶ？」

「遊んであげてもいーよ」

緊張状態が解けての可愛らしい誘い文句に、つい笑ってしまう。「しょうへいさま」というのは自分のことだろうか。まるで人の名前のようだ。

「――招聘人！」

三人で笑顔になっていたところに、尖《とが》った声が割って入る。

顔を上げると、血相を変えたレオがこちらへ走ってくる。

「レオ様？」

きょとんと見返すと、レオは戸惑ったように足を止めた。

「どうかなさったのですか。そんなに慌てて」

「いや……俺は、子供たちに呼ばれて」

「子供たちに？」

件《くだん》の子供たちはその遣り取りを遠巻きに見つめている。

「招聘人に、プロキオンとリリが殺されると血相を変えて……」

息を切らしながら説明するレオに、懸はむっとする。

「殺しません。……そんなこと、するはずないでしょう」

頭を撫でられているプロキオンの尻尾や、胸にしがみついているリリを見て状況は察しているのだろう、レオが気まずげな顔をした。

確かに亜人に怯えられるのは、この世界の常識を鑑《かんが》みればしかたのないことだと思う。

だが、同じ人間のレオにまで、自分が彼らを害するかもしれないと思われるのは少々心外だ。

レオは慌てたように「それは、俺もそう思ったが」と言い訳する。

「そう思ったのなら、何故そんなに焦っていらしたのですか」

「いや、だからそれは、そんなはずないとは思ったが、どういう状況なのかもわからないから……急いで確かめねばと、思ったんだ」

追及に、レオがしどろもどろになりながら説明する。

執務中に使用人の子供に呼ばれ、後回しにせずすぐに駆けつけるような人物だというところには好感が持てるが、やはり不本意である。

プロキオンとリリを「二人とも仲良く遊ぶんだよ」と言って解放し、レオに向き直った。

ことの成り行きを話し、アルレシャも証言してくれる。「お優しく接しておられましたよ」との言葉に、レオは怪訝《けげん》な顔をした。

「……ちょうどよかったです。お話ししたいことや、訊きたいことがあります。お時間いただけませんか」

「わかった」

そう言うなり、レオも芝の上に胡座《あぐら》をかく。普通に執務室や部屋で話すつもりだったので、少々驚いた。

衆目のある場所で会話をさせるというのは、もしかしたら、なにかの対策なのだろうか。そんな思いもあったが、周囲に聞かれて困ることを話す気もない。

「この城に来て一月ほどになりますが、まずは、ありがとうございます」

ぺこりと頭を下げると、レオは戸惑いの表情になった。

「改めてお礼を言わねばと思っていたので……、不自由なくさせていただいていますし。やっとお礼が言えました」

礼を言おうにも、レオと話す機会が得られなかったのでままならなかったのだ。彼はいつ見かけても忙しくしていて、懸は歩いている彼に話しかけることが殆どだ。食事も部屋で一人だし、アルレシャ以外に近づくものもいない。

「招聘人なのだから当然だ」

そこには義務感しかない、と言わんばかりの科白に、わかってはいてもガッカリした気持ちにはなる。

「それで、訊きたいこととは？」

「はい。……この城には、亜人のかたしかいませんよね？」

問いかけに、レオは眉根を寄せる。正確には、家畜などの動物や契約済みの魔獣などもいるが、人間の姿はレオと懸以外にはない。

そして、この城で生活をする亜人たちは、奴隷扱いをされているようには見えなかった。主君・雇用主と使用人という上下関係は存在するものの、話を聞いて想像していたよりも平和に暮らしているように見える。

「……それがなにか、不満でも」

「――だから、そんなものありません。私にはそういう差別意識はありません。異界から来たんですよ？」

刺々《とげとげ》しい言葉を発しようとしたレオに、最後まで言わせずに否定する。

「私の生きる世界に亜人や魔獣は存在しません。だから、そもそも差別の概念がないし、この世界ではあまり扱いがよくないと聞いているからじゃあ雑に扱おうだなんて考えも持ちません。人類皆平等！　これが基本です！」

喋《しゃべ》っているうちにだんだん腹が立ってきて、語調が強くなってしまう。レオはびっくりした様子で目を瞬いた。

「暴言を吐いたり暴力を振るったりするのではないかと疑われるのは、不愉快です」

「それは……申し訳なかった」

存外素直に謝罪され、拍子抜けする。けれど、彼はすぐに胡乱《うろん》な目を向けてきた。

「……ならば、先の質問にはどういう意図がある」

「意図もなにもなく、ただの疑問です。何故人間の姿がないのかと」

この世界の常識を考えれば、亜人に下働きをさせることは普通のことなのだろう。だが、学校よりも大きな城に、亜人の使用人しかいないというのは少々不思議に思えた。

投げかけられた問いに、レオは小さく息を吐く。

「城下に人間がいないわけではない。……ただ」

「――レオ様は、亜人を保護してくださっているんです」

言いよどむレオの言葉を攫《さら》っていったのは、控えていたアルレシャだった。

「この北方領には、人間は殆どいません。レオ様が、他領から逃げてきた亜人も受け入れ、保護してくださったからです。ただ受け入れてくださっただけではなく、過酷《かこく》な労働や暴力なども法で制限してくださいました」

人間が殆どいないというのは人口比が亜人のほうが多いというだけのことではなく、亜人と共生などできないと去っていった人間も多いのかもしれない。

実際、領内に残っているのは比較的亜人に対して友好的な者、または商人のみだという。

亜人の国と化した北方領は、他領や他国とあまり交わることもなく細々と自給自足の生活を続けている。

「亜人は労働力であり、その保有数が権力を表す指標となることもある。他領からは財産を奪われたと恨《うら》まれ、亜人の国だと蔑《さげす》まれているのは承知の上だ。だから他の領主――特に第三王子には目をつけられたくなかった。ひっそりと、穏やかに暮らしていければいいと」

レオはそう言って、懸を見据《みす》えた。

「お前を呼び出したときに失礼な態度を取った言い訳にもならないが、申し訳なかった」

頭を下げた城主に、事の成り行きを遠巻きに見守っていた亜人たちのざわめきが聞こえる。

——なるほど。

目をつけられないように隅《すみ》っこで生きていこうとしていたのに、懸を呼び出したことでほしいとも思っていなかった王位継承権一位を与えられ、表舞台に引きずり出された。その動揺や困惑が、あのときの態度に繋《つな》がったのだろう。

——あの言葉や態度のお陰で、僕は恐怖と絶望に突き落とされたけど……事情を聞けば無闇《むやみ》に怒るのもはばかられるなあ……。

お人好《よ》し、と家族には呆《あき》れられそうだが、根本が平和主義である懸には責める気持ちはあまり湧いてこない。

それよりも、気になることがあった。

「……ひっそりと暮らしたい、と仰ってましたが、それは無理なんじゃないでしょうか」

ぽつりと呟くと、レオもアルレシャも怪訝《けげん》そうにこちらを見た。

「私がいてもいなくても……可能かどうかはわかりませんが、もしこの後レオ様が継承権を放《ほう》棄《き》したとしても、大変な目には遭《あ》うと思いますよ」

懸の素直な所感に、二人が表情を強張らせる。

「何故、そう思う」

「先の王様がどのような方針だったかはわかりませんが、他の候補者の王子様がたは亜人に優しいのですか？　もし、レオ様に継承権がなかった場合、亜人の多いこの領を平穏無事に見逃してくださるのでしょうか？」

「……王になれば、圧倒的優位に立つということだし、我々など目にも入らなくなるのではないか」

「甘いですよ、それは」

断定的に告げると、レオは唇を引き結んだ。

二年前受けもった生徒の中に、「成績がいい」という理由でいじめられている子がいた。クラスのリーダー的存在の子よりも成績がよかったことで、目をつけられたのだ。その子は教室で息を潜《ひそ》めるように、極力目立たないようにしていた。成績も落とした。学校を休みがちになった。けれど、いじめは収束しない。

様子がおかしいことに気づいて話を聞き、相談を受けて、懸はリーダー格の生徒とその取り巻きの生徒と、時には父兄を交えて話し合いの場を持った。だが解決するには至らず、年度替わりのクラス替えで物理的に距離を離したことで有耶無耶《うやむや》になっただけだった。

学校であればクラス替えがきっかけになることもあるが、彼らはそうはいかない。

「力を持ったほうが、ここぞとばかりに排除しにかかってくる可能性が高いと思いませんか」

目障りだと認識されれば、ひっそりと生きていくことなど不可能なのだ。目の前から消えるか、もしくは「戦う」かのふたつの選択しかない。

レオには「逃げる」選択肢は選ばせてもらえないだろう。

「……私もそう思います。レオ様は、少し世間とずれていらっしゃるから」

亜人を庇護《ひご》するくらいですしね、と冗談ぽくアルレシャが笑う。身内からも言われると思わなかったのか、レオは眉尻を下げた。

争いを好まないのは美点には違いない。だが、彼の場合はそうもいかないだろう。

レオは気まずげに咳払いをし、「それにしても」と懸を見る。

「子供たちを叱ったのもそうだが、当初の印象より……なんというか、はっきりと物を言うのだな」

「ここに来たばかりの頃は、戸惑いのほうが強かったですし。前の世界では、普通に生きていて死を身近に感じることはめったにありませんでしたから」

自分の立ち位置もよくわからず、生きるか死ぬかもわからない命の危機に瀕《ひん》している状況で、強気に出ることなどできない。

「それに、私は先生ですから。何十人もの子供を相手にするのに、そんなに嫋《たお》やかで弱気ではやっていけませんし」

若い教師の宿命で運動部の顧問まで押し付けられて、思春期の子供たちと顔を突き合わせ、ときには保護者の相手もして、弱気でなどいられない。

子供の頃から「優しいお兄ちゃん」だと言われ続けてきたが、気が弱いかというと話は別だ。

「そちらの世界の『先生』は何十人もの子供を相手にするのか?」

「教育機関の教師や講師はそうですね。あ、ええと、前にもお話ししましたが、私たちの世界には学校という組織がありまして——」

改めて説明しようとした瞬間、まるで打ち上げ花火のような音とともに地面が揺れた。

そこかしこから悲鳴があがり、レオが庇《かば》うように懸を抱きしめる。子供たちもわあっとこちらに押し寄せてきた。

「——何事だ！」

叫ぶレオの元に、空から鳩くらいのサイズの白い鳥が滑空《かっくう》してくる。

「レオ様！　西方の監視塔より報告です！　西方領より奇襲、至急避難を——」

大きな火の玉が、中庭に植えられていた木に直撃した。その爆風で、報告をしている途中だった白い鳥が吹っ飛ばされる。

懸はレオの腕とマントに庇《かば》われたが、それでも軽くはない衝撃があった。

「っ、子供たちは」

「あいつらは人間のお前よりは頑丈だ！　顔を出すな！」

煙の匂《にお》いがする。ついさっきまで平和な場所だったはずの中庭から火が上がり、子供たちが泣きながら逃げ惑っていた。

——なに、これ。

燃え盛《さか》る木々を、使用人たちが魔法や台所からの水で消し止めようとしている。城に置かれた塔では、けたたましく警鐘が鳴らされていた。

「――レオ様！　火の玉が……！」

火の見櫓《やぐら》のような役割も担《にな》っているのであろう、塔の上からそんな声がする。西の空の上に、大きな火の玉が浮かんでいた。

ち、とレオが舌打ちをする。

「建物の外へ出るな！　皆、東館へ退避せよ！」

声を張り上げたレオに、呼応するように警鐘が鳴らされる。先程とは違う不規則なリズムなのは、もしかしたら信号化されているのかもしれない。

「招聘人、立てるか？　早く城の中へ」

手首を摑まれ、引きずられるようにして走る。建物の中に足を踏み入れる直前に、二投目の火の玉が飛んできた。

レオが咄嗟《とっさ》に懸を抱きかかえ、回廊へ飛び込む。どん、という大きな音とともに城が揺れ、なにかの割れる音が遠く聞こえた。

レオと懸は抱き合うような格好で床を転がる。

「――レオ様！　懸様！」

既に城内に退避していたアルレシャが駆け寄ってきた。床に転がったままの二人に、彼は手を貸して起こしてくれる。

「お二人とも、お怪我はありませんか」

「大丈夫、です」

石床を転がったせいで目も回っているし体中のあちこちが痛んだが、それでももしレオが庇ってくれなかったら大怪我を負っていたかもしれない。

レオも怪我はないようで、「平気だ」と返した。

「人的被害は今のところ少ないです。城もどうにか無事です。一投目の火球は庭の木に直撃して火が上がりましたが、二投目は壁面にぶつかったので、大きな被害はありません」

アルレシャの報告に、レオは渋面を作る。

「あの、一体これは」

「西方領主のサダルメリク様が、奇襲を仕掛けてきました」

およそ予想通りだった言葉に、それでも疑問が湧く。

「何故ですか。確かに、レオ様が王位継承権一位になられたことに不満があるのかもしれませんが、それでも決まった以上はどうにもならないはずでしょう」

辞退をすることがままならない、逃れられない決定事項だから、レオは嫌がっていたのではないのか。

懸の言葉に、レオとアルレシャが怪訝な顔をする。

「確かに王位継承権一位ではあるが、戴冠式が行われるまでは王ではない。何事もなければ王になるが、法律上、異を唱《とな》えることはまだ可能ではある」

「だからって」

突然攻撃をしかけてくるようなやり方があっていいのか。

そう問いかけようとして、反射的に口を閉じる。

いつも無表情か難しそうな顔、不機嫌そうな表情ばかりだったレオの美貌が、憤《いきどお》りに歪んでいた。

そのあまりの迫力に、懸は言葉を失《な》くす。

「――そうだな。奇襲をかけてくることは、許されてはいない」

唸《うな》るようなレオの声に、皮膚《ひふ》がひりつく。懸は無意識に後ずさっていた。いつの間にか背後に控えていたアルレシャの胸に、背中がぶつかる。

「アルレシャ。招聘人を安全な場所へ」

「了解しました」

「えっ、でも――」

こちらです、と腕を引かれる。振り返ったが、レオは懸たちのほうを見ることもなく、城の上へ向かって走っていってしまった。

アルレシャに連れて行かれたのは、城の東側に位置する地下の食料庫だ。そこには、女性や子供が身を寄せ合って避難していた。

「アルレシャ！」

「……大丈夫。皆はここにいなさい。こちらはもう皆知っていると思うが、招聘人である懸様だ。この方の存在が、レオ様を王へと導いてくださる証明だ。万が一のことがあれば、お守りするように」

そう言い残して、アルレシャも倉庫を出ていってしまう。取り残された懸も、人間と同じ空間に置かれた使用人たちも、一体どうすればいいのか、という空気に包まれた。

――……人間に対して警戒心を持っている彼らに、どう声をかけるべきか。

逡巡《しゅんじゅん》していたら、人垣《ひとがき》から可愛らしい角がひょこっと現れる。

「しょうへいさま」

庭で転んだリリがとことこと歩み寄ってきた。リリ、と大人が怯えた声を上げる。

懸は瞠目し、リリに駆け寄り目線を合わせるようにしゃがんだ。

「リリ！　無事だったんだね。怪我はない？」

「みんなとにげたから、へいきです。しょうへいさまは？」

「私も、大丈夫。……よかった、他の子も無事なんだね？」

思わずリリを抱きしめて、ほーっと大きく息を吐く。レオは亜人は人間より頑丈だから大丈夫だと言っていたが、不安だったのだ。

うん！　と嬉しそうに頷いて、リリが抱きついてくる。子供らしい高い体温に触れ、あまり自覚はなかったが恐怖と動揺で指先が冷たくなっていることに気づいた。リリのあたたかさに、緊張していた心がじわじわと解けていくようだ。そんな二人のやりとりに、女性たちがざわつき始める。

「あの、招聘人様――」

おずおずと人垣から声をかけられたのとほぼ同時に、再び城が揺れる。大きな地震のような揺れに、悲鳴が上がった。

思わず天井を見上げる。

――地下だからある程度安全ではあるんだろうけど……地盤《じばん》とか大丈夫なんだろうか。

ふと倉庫内に視線を戻すと、皆しゃがみこんで震えていた。自分が話しかけたら余計怯えさせるかもしれないと思ったけれど、一番近くにいる人虎《じんこ》の女性に声をかける。

「すみません。こういうことは、初めてなんですか」

女性は、震えながら頭を振る。

「前にも、ありました。数年前にも、今日のように西方領から突然襲撃があって……そのときは、たくさん……ひとが死んで」

それで、レオが身寄りを失くした者を城で雇用したのだと皆が口々に教えてくれる。

「あれは、魔法ですか？」

周囲の女性たちも頷く。大砲のような攻撃だが、懸も西側の空に火の玉が浮かんでいてそれがこちらに向かって飛んでくるのを見た。

「……北方領に、人間は殆どいません。この城には、レオ様だけです。魔法に対抗するには魔法しかないのに」

「レオ様も、火の属性なのです」

彼女たちは、恐らくあちらの魔法は使い手が一人ではなく火の魔法を束《たば》にしているのでは、あんなに大きな火の玉は見たことがない、と教えてくれる。

レオは王族ということもあり、相当魔法は使えるのだという。だが同じ火の属性で、束になってかかってきているものを一人で跳ね返せるほどの強大な力はない。

「あの、あなたがたは――使用人の方々は、魔法は使えないんでしょうか」

そう問いかけると、彼女たちは思いがけない問いかけをされたとばかりに顔を見合わせる。

「我々は亜人ですが、多少は……けれど、本当に、人間ほどには使えないです。力を合わせても、到底太刀《たち》打ちできません」

それもそうか、と息を吐く。書物で得た知識や聞いた話によれば、人間には「魔布」と呼ばれる、魔力にブーストをかけるようなアイテムがあるようなのだ。亜人には所持する権利がないというし、恐らくあちらはそれを活用しているのだろうし、総力戦で挑んで負けたら目も当てられない。

――でも、そうだよね。多少は使えるって本にも書いてあった。

多少の程度がわからないが、どうにかならないか――思案しかけた懸に「あの」と声がかけられる。

「招聘人様、私たちは助かるのでしょうか」

震える声で問われ、懸は唇を噛んだ。

腕に抱いていたリリが、懸のシャツを不安げにきゅっと摑む。微笑んでリリの頭を撫でたが、答えることはできない。

――とにかく、反レオ派の領主が攻撃を仕掛けてきていることには間違いない。もし敗戦したら、亜人のひとたちは生かしておいてもらえるのか。

降伏しても、万が一領主であるレオが死んでも、亜人たちの結末は同じなのではないか。そう思うと、怒りか恐怖か、懸の背筋が震えた。

そんな遣り取りをしているうちに、また攻撃を受けたのか、倉庫が揺れる。先程よりも心なしか大きな揺れに、泣き出す者たちが増え始めた。このまま恐慌状態に陥ったらまずい、と懸は「あの！」と声を張り上げる。

「――私は外へ様子を見に行ってきます。あなたがたはここで待機していてください。なるべく頭を低く、それから、棚《たな》や積み上げられた箱など、倒れそうなものの傍から離れてください」

腕に抱いていたリリを近くにいる女性に渡し、懸は階段を駆け上がる。

とにかく上を目指して階段を上がっていくと、男たちの声が聞こえてきた。城の入り口近くの張り出した棟には、亜人の兵士の姿はあったが、レオはいない。更に階段を駆け上がり、塔にレオとアルレシャの姿を発見した。

「――レオ様！」

息を切らしながら呼びかけると、レオとアルレシャが同時に振り返る。そうして懸の姿を捉え、ぎょっと目を剝《む》いた。

「招聘人！　なにを、何故ここに⁉」

「私は、……っ」

息が切れて上手く話せない。一ヵ月も城でのんびりとしていたせいで運動不足になったのかもしれない。

ぜえぜえと胸を喘《あえ》がせながら、塔に上がる。アルレシャが慌てて降りてきた。

「なにをなさっているのですか！　ここは危険です」

「すみませ……」

まだ整わない息をどうにか飲み込んで、西の空を見る。

大きな炎の球体がはるか向こう側の上空に見えていた。想像以上に距離があり、随分と高い位置にある。

――本当に、球体の火だ。

どのくらいかわからないが、相当な大きさだ。太陽のようにも見える。

——あれは一体なにが燃えてるんだろう。

火が燃焼し続けるには、その本《もと》となる可燃物がある。魔法にはそれがないのだろうか。また、燃えているものによっては有毒ガスが発生している可能性もあるので確認したいところだが、誰に訊けば答えが返るのかも判然としないし、今はそんな質疑応答をしている場合でもなさそうだ。

こうしている間にも、徐々に火の玉が大きくなっているように見えた。打ってこないのはもはや勝ちを確信し、こちらを必要以上に怯えさせ、弄ぶことが目的なのだろう。

レオがぐっと拳《こぶし》を握り、アルレシャを見やる。

「アルレシャ、招聘人を連れて、城内の者をすべて退避させよ」

「レオ様！」

「恐らく、次に飛んでくるのは今までで一番大きなものだ。城ごと飲み込まれるかもしれない。石でできたこの城の守りは硬いが、それでも耐えきれるか」

「しかし……！」

「……俺が死ねば、残された亜人がどうなるかはわからない。だが、ここで死ぬよりは未来がある。頼む」

そんな、とアルレシャが唇を嚙む。

盛り上がっている二人をよそに、懸は踵を返した。

「招聘人、どこへ行く！」

「倉庫に戻ります！」

シェルターのような扱いの場所を口にすると、レオは拍子抜けした顔をした。

――どうにか、あの火の玉がこっちに飛んでくる前に……！

急いで階段を駆け下り、倉庫へと戻る。戻ってきた懸に、皆不安げな視線を向けていた。

「あのっ、――この中に風の属性の方はいらっしゃいますか⁉」

唐突な問いかけに、全員に戸惑いの表情が浮かぶ。はい、と挙手《きょしゅ》をしたのは十数人ほどだ。

「あ、ええとその前に、風魔法って、ある程度の重さのもの……例えば、ここにある粉袋を直線的に遠くに運ぶことは可能ですか？」

「は、はい。それなら殆どの者ができるかと……」

風を操り物質を空中で自由自在にコントロールしたり、鎌鼬《かまいたち》のように風で物質を切り裂いたり、竜巻を起こしたりするのは熟練の術者や魔法の力が強いものでなければ難しいそうだが、ある程度ならば使えるようだ。

「亜人では、風を送ったり、なにかを投擲《とうてき》することくらいしか」

「じゅうぶんです！　あの、風魔法が使えるかたはついてきてもらえますか⁉」

そう言うなり、懸は倉庫に保管されていた粉袋を摑む。だが想定していたよりも重く、引きずるので精一杯だ。誰か手伝ってください、と言うより早く、獣型の女性がひょいとそれを持ち上げた。

「あの、これをなにかに使うのですか」

「は、はい。申し訳ないのですが、今は説明している時間がないので、何人かお手伝いをお願いしてもいいですか。三袋ほど、それを持って、ついてきてください」

亜人は女性でも、種族によっては剛力な場合が多いらしい。少々男の沽券《こけん》に関わるが、運搬《うんぱん》を数人にまかせて倉庫を飛び出した。

大勢を引き連れて再び危険地帯へと戻ってきた懸に、レオは顔を引きつらせた。

「お前……、なにをしている⁉」

一体なにがしたいんだと怒鳴られたが、そんなことを気にしている場合ではない。

懸はひとまずレオの問いかけを黙殺し、戸惑う女性たちとともに鋸壁《きょへき》前の広場に向かう。

「あの、他にも風の属性の方はいらっしゃいますか？」

そう叫ぶと、控えていた兵たちが、困惑した様子を見せる。レオがこちらへかけよってきた。

「風？　この城にいる風属性を全て集めたところで、あの火を吹き消すことなど不可能だし、火を消すなら水だろう？　水でも、恐らく蒸発してしまう」

レオの疑問に、ええと、と首を傾《かし》げる。

「いや、水でもいいんですけど、あれだけ大きな火の玉だと仰る通り水の量が足りないし被害が想定できなくて……」

そもそも、この対策も成功するかどうかは微妙なところだ。

だが、もう迷っている時間はない。火の玉は、さっき見たときよりも大きくなっていた。

「では、皆さんにお願いしたいことをお伝えします。まず、こちらを風で運び、あの火の玉にぶつけてください」

こちら、と示した指の先には、女性たちに運んできてもらった袋がある。それを見て、レオがぎょっと目を剝いた。

「……小麦粉？」

地下の食料庫から運んできた麻袋に詰められた四十五キロから五十キロほどの重さのものは、レオの言うとおり小麦粉だ。

「なにに使うんだ、今は遊んでいる場合では」

「説明は後にします。――いいですか、ここからが重要です。ただぶつけるだけでは意味がありません。舞い上がらせてください」

火の玉の温度が全く読めない。到達する前に熱で袋が破れてしまう可能性、或《ある》いは袋ごと飲み込まれてしまう可能性がある。

「舞い上がらせる、というか、火の中でかき混ぜて欲しいのです」

できれば、火の玉に穴を開けたい。

「おい、どういう――」

「まずはやってみましょう。駄目なら再度、挑戦しましょう」

そんなのんきな場面ではないが、下手《へた》に緊張させたり不審がられては元も子もないので、なるべく笑顔で告げる。

「では、行きましょう」

困惑し戸惑いながらも、彼ら、彼女らは従ってくれる。

まずは、徐々に大きくなっている火の玉に、数名の風魔法で「穴」を開けられるか試してもらった。

「――!」

どん、という音とともに、火の玉の形が歪んだような気がする。

遠すぎて懸には見えないが、目のいい亜人たちにはきちんと見えているようで、火の玉に届いた魔法は貫通《かんつう》することもできず、窪《くぼ》みを作ったほどで飲み込まれてしまったという。

ああ、と残念そうな声があがった。

「だから、風では無理だと言ったじゃないか……」

まだ実験の途中だというのに、落胆《らくたん》したようなレオの声が届く。

「やっぱり無理なんです、俺たちじゃ――」

「いえ、抉《えぐ》って大きな窪みを作れるだけで充分なんです！　もう一度、今度は皆さんでお願いします！　次はこれも！」

意気揚々《ようよう》と叫んで小麦粉の袋を叩いた懸に戸惑いながらも彼らは頷いた。

皆で力と声を合わせ、先程と同じように風魔法で火の玉を抉り大きな「窪み」を作る。人数を増やしたおかげで一度目よりも大きな窪みが、懸にも視認できた。小麦粉を数袋、火の玉にできたそのポケットへ向かって飛ばす。

どちらも難しいコントロールはいらない、まっすぐ投げつけるだけだ。

そして、それが火の玉に飛び込んでいったら――。目のいい亜人がその様子を隣で伝えてくれる。

「あっ、袋が焦《こ》げて破れはじめて……」

「――今です！　風で吹き上げて、小麦粉を巻き上げてください！」

竈《かまど》に息を吹き込むように、火中で小麦粉を舞い上がらせるように。

そんな指示に戸惑いながらも彼らは従う。次の瞬間、はるか向こう、西方領の上空にあった大きな火の玉は、凄まじい音を立てて爆発した。

えっ、と誰かが声を上げる。

こちらを威嚇《いかく》するように、怯えさせるようにゆっくりと大きくなっていた火の玉は弾《はじ》け、燃え、火の破片が降っていくのが遠目に見えた。

「……よかった、成功した」

爆発音を聴きながら大きく息を吐き、懸はその場にへたりこむ。

――そもそも、魔法が「自然」と同じかどうかがわからなかったから……成功してよかった……！

だが、次の魔法が飛んでこないとも限らない。油断はできないと思っていたが、それは杞憂《きゆう》に終わった。監視台と斥候《せっこう》の報告によれば、西方領では爆発の余波で火が森に燃え移り、消火活動をせざるを得なくなったようだった。

どうにか危機は去ったようだ。

それを確信してほっと息を吐くと、レオや、その他の皆が戸惑うようにこちらを見ていたことに気付いた。

「……なんだ、今のは」

「ええと、今のは『粉塵《ふんじん》爆発』という現象で……」

解説しようとして、元素が「火・水・土・風」の概念しかない世界でどう説明したものかと思い、懸は口を噤んだ。

懸《かける》には魔法の仕組み自体はよくわからない。火を消すには水をかける、風で吹き消す、などの方法がセオリーということだったので、もしかしたら地球の知識にはない別の力が働いている可能性も考えていた。

一般に「消火」を行うには、燃焼の三要素である可燃物、酸素、温度のいずれかを断つ必要がある。

可燃物を断つ「除去消火」は、ガスの元栓《もとせん》を締める、蠟燭《ろうそく》に息を吹きかける、など。今回の場合でいえば、火の玉の下で魔法を合成していた使い手たちを殺す、という方法がそれに該当《がいとう》するだろうか。酸素供給体を断つことで消火する「窒息《ちっそく》消火」は、小学校または中学校で、アルコールランプに蓋《ふた》をして火を消した実験がそれだ。粉末消火器などもこれにあたる。そして水をかけて消火するのを「冷却《れいきゃく》消火」といい、燃焼物、点火源から熱を奪うことによって消火する方法だ。

恐らく、こちらの世界にとっては意味不明の単語が色々出てきたはずだが、レオは黙って聞いてくれていた。

図書館で二人きりの状態で、レオに教えているのは、先日の「火の玉を消した」事象に関連することだ。

「……では、今回の小麦粉を使った消火はなにに該当するんだ?」

あの大きな火の玉に対しいずれかの方法で消火しようとすると、彼らが当初言っていたように北方領の戦力では到底太刀《たち》打ちできない。

「――なので、消火というよりは爆発飛散《ひさん》させる方向にしました。とにかく、あの火の玉を壊せばいいんですから」

実際、粉塵爆発を起こすにはある程度条件を揃える必要がある。そんな実験などしている暇《ひま》はなかったが、どうにか成功して本当によかったと懸は安堵していた。下手《へた》をうっていたら、小麦粉が焼けておしまいだ。

「それに、水をかける……というか、水魔法をぶつけるのは消火法として現実的ではないですし、実現していたら危険だったと思うんですよね」

「何故だ」

ゲームなどのようにただ魔法同士がぶつかって相殺《そうさい》、もしくは火は水に弱いので消されます、となればいいのだが粉塵爆発の様子を見るとそうではなさそうだ。魔法であっても火は酸素で燃えている。

魔法に慣れたこちらの世界ではあまり違和感はないようなのだが、火はそもそも球体にはならない。つまり、目には見えないもので密閉した空間がそれを形作っている可能性がある。

「恐らくですが、水蒸気爆発という現象が起こります」

揚《あ》げ物《もの》をしたフライパンの油に水をかけると、爆発、炎上する。それが水蒸気爆発だ。海底火山の噴火や、原子炉の炉心溶解も水蒸気爆発である。粉塵爆発よりも規模が大きく、甚大《じんだい》な被害を齎《もたら》す。

ただし、水蒸気爆発を起こすには大量の水が必要になる。少なすぎると爆発ではなく、水が水蒸気になってしまうだけだ。火と水が接する面が大きいほど爆発は起こりやすいが、火の玉は「球体」、つまり同じ体積の物体では最も表面積が小さくなる形をとっている。これを爆発させようとすると火の玉の大きさの比ではないとんでもない量の水で、一気に火の玉全体を覆わなければならない。

魔力が少ないと言われる亜人のみ、しかも魔布でのブーストなしでそんな量の水は用意できないだろう。なによりも、爆発させずにあれを水で消火するというのが不可能に近い。

「もっとも、こちら側の水魔法ではそこまでには至らなかったでしょうが、あの大きさの火の玉なので、もしそうなっていたら少なくとも今回のような被害ではすまなかったと思います」

あの後、西方側は森林火災が起きて土地の一部がごっそり禿《は》げてしまった。お陰で以前は森に囲まれてあまり見えなかったあちらの攻撃拠点の全貌が、こちらの見張り台から丸見えになっている。子供たちはそれを見るたびに「まるこげ！」と笑っていた。

彼らは要塞の前に魔法陣を組んで、大きな魔法を作り上げていたようだ。その痕跡《こんせき》も今は丸見えの状態である。

「その水蒸気爆発が起こると、こちらへの被害もあったかもしれないということか」

「そうですね、あくまで可能性ですが」

「なるほど」

ふむ、とレオが頷く。それと同時に、昼休憩《ひるきゅうけい》を知らせる鐘が鳴った。

二人ではっと顔を見合わせる。

「では、休憩にしましょう」

そう切り上げると、レオは頷いた。

先日の粉塵爆発の一件があってから、レオは自室に懸を招いて「授業」を受けるようになった。

「ああ、すまない。朝からずっと話し込んでしまったな」

「いえ、こちらこそ午前中の貴重な時間を全て使ってしまいました」

「こちらが頼んでいるのだ。……懸の知識を、我々に与えて欲しいと」

懸、と名前で呼び始めてくれたのも、あの事件の後からだ。

レオがそう呼ぶので、城にいる亜人たちも「招聘人様」ではなく「懸様」と声をかけてくれるようになった。ずっと「招聘人」と呼ばれ、一線を引かれていた気がしていたが、ほんの少しだけ彼らのテリトリー内に立ち入れたのかもしれない。

「もし負担になるようだったら言ってくれ」

「いいえ、僕も楽しいですから」

それに伴って、懸も一人称を普段のものに改めた。

奇襲事件以降、懸の授業を受けるようになったのはレオだけではない。

城にいるものは年齢や性別、種族問わず全員、懸から読み書きと計算を教わっている。日常業務があるので毎日というわけにはいかず、曜日や時間ごとに分け、全員が同程度の知識を共有できるようにしていた。一人あたり週に三回、四十分程度の授業だ。

そのために、レオは小さな黒板を至急作らせた。この世界では紙が貴重でノートがないので、ノートサイズの黒板を使用している。チョークも存在するようだが、敷地内や森などに落ちている滑石《かっせき》を使うことのほうが多かった。

「大変ではないか？」

「いえ、代わりに、僕もこちらのことを色々教えて頂けますし――」

二人並んで図書館を出ると、ドアの前に籐《とう》のようなもので編まれた手付きの籠《かご》を持った猫型の亜人の女性が立っていた。白いエプロンを身につけている彼女は、厨房《ちゅうぼう》の担当である。

「レオ様、懸様。今日はいい天気なので、中庭で召し上がられてはいかがですか」

いかがですか、と言いながら、彼女は有無を言わせぬ様子でずいっと籠を差し出す。その籠の中にはサンドイッチがたくさん詰まっていた。赤ずきんちゃんがお遣《つか》いで持たされたものってこんな感じかな、と懸はのんきな感想を抱く。

レオは戸惑ったように懸を見下ろし、目が合うとぱっと視線を逸らした。

「……ああ、そうだな」

絞《しぼ》り出《だ》すように言ったレオに、言質《げんち》を取ったとばかりに彼女はにまあと笑う。

「それでは、先に行って準備をしてまいりますね。お二人はゆっくりいらしてください」

そう言って身を翻《ひるがえ》し、彼女は行ってしまう。ぽかんとその背中を見送っていると、レオが溜息を吐いた。

――僕とご飯を食べるのは、嫌かな。……まあ、普通高貴な身分の人って、他の人と一緒に食事取らないもんね。

あからさまに困ったなという顔をされるのには苦笑してしまうが、社会人なので指摘はせずに流す。

嫌われているというわけではないのだろうが、王族と庶民《しょみん》の自分が同じ空間で食事をするのは戸惑うのだろう。

――僕も、こちらの世界に来てから、基本的に一人にされることのほうが多かったし……。

当初はアルレシャをつけてくれていたが、彼の本来の職務は領主の秘書のような役割であり、最近は懸と四六時中一緒にいてくれるわけではない。今日も別件で席を外していた。彼は、こちらから話しかけない限りは口を閉じている。

だから誰かと一緒に食事ができるのは懸にとっては嬉しいことだが、レオにとっては必ずしもそうとは限らない。

ぎこちない空気になりながら、二人は中庭に出る。

投げ込まれた火の玉のせいで木と芝が一部燃えてしまい、煤《すす》の匂いが残ってはいるものの、明るく緑の多い平和的な場所だ。

そこで遊んでいた子供たちがこちらに気づき、笑顔で走ってくる。

「かけるせんせー！」

子供たちが先生と呼びながら懸に抱きついてくるので、レオのほうが驚いた顔をしている。

年長者の子たちは、一応レオのほうに先に頭を下げていたが、低年齢の子たちは懸に一直線だ。

「こんにちは。皆はお昼ごはんはもう食べた？」

まだです、いまからです、と口々に言う子供たちに、つい目尻が下がってしまう。一時は人間である懸に対しあんなに怯えていたのに、一生懸命話しかけてくれるのがとても可愛い。

「じゃあ、ごはんを食べ終わったらまたおいで。今日は『計算』のお勉強をします」

はーい！　と声を揃えて子供たちが手を上げる。いいお返事ですね、と返したら嬉しそうに笑って、また走っていってしまった。

嵐のように去っていった子供たちに、レオが小さく笑う。

「随分懐《なつ》かれたな」

懸と同様に、子供たちが半泣きの状態で「殺される！」と執務室に飛び込んで来たときのことをレオも思い出しているのだろう。

「毎日顔を合わせていますし、人間への物珍しさもあるんでしょうね。きっと」

実際、奇襲をしかけてきた隣国のことを考えると、人間に対する警戒心が薄れることには気をつけなければと内心危惧《きぐ》してはいるが、それはおいおい考えることにする。懸が教えなくても、この城の大人や親が教えるに違いない。

「子供には先生と呼ばれているんだな」

「ええ。こちらでは僕のような立場のものには『様』を付けるのが正しいのかと思うのですが、小さな子に様付けで呼ばれるのは違和感が強くて」

生まれながらの庶民である懸の感想に、レオはそういうものかと首を傾げる。

立って話し込んでいたら、庭の真ん中に昼食を用意してくれていた使用人たちのうちの一人が、「お二人とも、昼食の準備ができておりますよ！」と声を張り上げた。

二人で慌ててそちらに向かう。敷布の上に、大きな籠とたくさんのサンドイッチ、瓶《びん》のワインと水が用意されていた。

この世界の水は、水属性の魔法で出すことができるそうなのだが、こちらも魔法の熟練度によって飲み水にできるかどうかが分かれるそうだ。レオの側近であるアルレシャなどは、飲料水を作れるほどの腕前で、懸がこの世界に来て初めて口にした水も彼の作ったものだったのだという。

亜人では通常そこまでの魔法が扱える者は少ないので、主《おも》に井戸水か川の水を利用することが多いらしい。

さあさあと座らされ、銀色のゴブレットに水とワインを注いで、使用人たちは下がってしまった。

——流石《さすが》に、遠足みたいに皆でというわけにはいかないんだろうけど……。

広々とした庭の真ん中で二人きりで取り残されるのもなかなか気まずいものがある。しかも、距離があるだけで、使用人たちも昼寝をしたり食事をしたり手芸をしたりと、思い思いに過ごしている。

「食べないのか」

「あっ、いえ、いただきます」

——自意識過剰《かじょう》かな。視線がちょっと気になる。

懸が狼藉《ろうぜき》をはたらかないとも限らないからか、こちらに少なくはない視線が向かっているような気がする。

あなたたちの主君を害する気はありませんよ、というように懸は笑顔を作った。

サンドイッチを挟《はさ》むパンは、ライ麦が使用されているそうで色は黒いが思ったよりは固くない。この土地は寒いので、小麦よりもライ麦の栽培《さいばい》が盛んだそうだ。

葉野菜とチーズ、塩気の強いハムなどが挟まれたサンドイッチは食べごたえもあってとても美味《おい》しい。

特に会話もないまま二人でもくもくと食事をしていると、下の食堂で食事を終わらせてきたらしい子供たちが賑《にぎ》やかに戻ってきた。

まだ懸たちが食事をしているのを見て、中庭の隅っこに集まり始める。木が焼けて土がむき出しの状態になったところに、拾った枝などで文字や数字を書き始めた。

「今は、掛け算……乗算を教えているんです」

加算減算は、みな子供の頃から労働をしていることもあって大人も子供も概《おおむ》ね問題なかった。なので乗算といえば「九九」が定番だが、二桁《けた》までの掛け算を暗記させることにしたのだ。九九に限ったことではないが、理科の教諭であった自分には、教えられる範囲はそう広くない。正直なところ懸が教科書なしで教えられるのは「算数」が限度なので、どうせなら多めに教えてもいいかなと試してみた。

「アラビア数字も皆さんすぐ覚えてくれましたし、平仮名なら多分全員覚えてくれたかなと」

元々こちらにはアルファベットとアラビア数字は伝わっていたが、亜人は文字の類《たぐい》が一切読めない者が殆どなので、懸が一から教えることにした。

こちらの本、および文字表記に目を通したときに知ったのだが、レオのような王侯貴族や一部の商人は、アルファベットを用いて英語に似た文章を書いている。

だが、懸には日本語に自動翻訳されて聞こえているこちらの本来の言語は、文法が日本語やドイツ語などと同じSOV型であり、音韻《おんいん》体系も日本語に近いと推測され、日本語の音での置き換えが概《おおむ》ね可能なようだった。

——つまりこの世界の上流階級の筆記って、英語圏でいうところの「ラテン語を習う」みたいな感覚に近いのかもしれない。

恐らくそれが、文字が浸透しにくい理由の一つでもあるのだ。日本人に置き換えれば、喋《しゃべ》っている言語は日本語なのに、筆記手段がアルファベットと英文法しかない、という感じだろうか。そういった言語接触によって、読めないことはないが、英文とも違う文章が出来上がっている。

悩ましいのは、カタカナと漢字を教えるかどうかだ。日本語教師の知人からカタカナで挫折《ざせつ》する外国人学習者も多いと聞いていたし、漢字を教えるのにも、懸では限界がある。一方で平仮名のみでは文章が読みにくい。句読点のほかに分かち書きで対応することにしたが、運用してしばらくしてみないとどうなるかはわからなかった。

そのあたりの問題は、いつか国語の辞書を携《たずさ》えてやってきた誰かや、言語学にとても詳しい招聘人に託《たく》そうかと思っている。

「……でも本当なら、既存の文字を覚えるほうが便利なのではないのですか?」

亜人の中でも、例えばアルレシャのようにアルファベットを覚えている者は存在する。そちらを覚えるほうがなにかと便利なのではないか。

だが、レオは咀嚼《そしゃく》をしながら首を傾げた。

「将来的には、そういう知識も得たほうがいいのかもしれないが……今は、懸の『ニホンゴ』

のほうが俺たちにとっては都合がいい」

「そうなんですか？」

覚えやすさ優先、ということだろうか。

「そうだな。……しかし、案外皆、勉強に熱心で驚いた」

大人でも、文字の書き取りの練習や、子供と一緒にクイズのように九九の問題を出し合ったり、メロディをつけて歌にしたりした者もいるようだ。

不思議そうにするレオに、懸は小さく笑う。

「それは、レオ様のためみたいですから」

懸の言葉に、レオが目を瞠る。

知的好奇心という側面も勿論《もちろん》あるだろう。だが彼らが必死に、懸命に勉強をするのは、それが大事な君主のためになるとわかったからだ。

「まだ教えるのは先ですが、僕の専門教科……『化学』が、レオ様のためになるというのがわかったから、皆頑張っているんですよ」

生徒たちから「これなんの役に立つの？」という類《たぐい》のぼやきをよく聞いたものだが、目的意識がはっきりしていれば、勉強は苦にならない。

レオの役に立ちたい、というのがここで暮らす人々の総意だ。

――切実さが段違いだから当然だけど、元の世界の生徒より、よっぽど僕の授業を真面目に聞いてくれてるよね……はは。

勉強などしないまま一生を終えるはずの種族なので、当然彼らには勉強をする素地がない。だから多少しんどそうにしている者もいるが、真剣に学ぼうとしてくれているのは先日の粉塵爆発のインパクトが強く作用しているようだった。

「知識があれば、僕のように魔法が使えなくても間接的に役に立てる、魔法が少ししか使えなくてもあんな大きなことができる、と思ってくれたみたいです」

にっこりと笑って伝えると、レオは「そうか」と言って視線を逸らした。照れているのか、その目元が赤い。

ふと、彼の右頬にサンドイッチのソースがついているのに気づいた。

「レオ様。頬にソースが」

「ん」

少々慌てたように、レオが左の頬を拳で拭う。精悍《せいかん》な顔立ちで、皆から慕《した》われ敬《うやま》われている人の、ほんの少し抜けたところがなんだか可愛らしく思えた。

「こちらですよ」

くす、と笑って、懸はハンカチをそっと押し当てる。

その瞬間、レオに手首を掴まれた。懸の顔をじいっと見つめたまましばらく固まっていたレオは、唐突に手を離し、弾かれるように距離を取った。

そのあまりの勢いの良さに、懸は目をぱちぱちと瞬かせる。

「あ、いや……すまん」

よほど恥ずかしかったのか、その顔は先程よりもわかりやすく真っ赤だ。指摘するのは意地悪な気がしたので、いいえと微笑んで返す。

「こちらこそ、突然触ってしまってすみません」

「いや、それはいいんだが……いや、違うんだ。気にしないでくれ……」

そう言いながら、何故か彼自身も不思議そうに首を傾げている。配下の前で指摘するのではなく、こっそりと教えるべきだったのかも、と自分の気の回らなさを内心反省した。

「——レオ様、お食事中失礼いたします」

変な空気を破るように現れたのは、近頃は授業でしか顔を合わせなくなったアルレシャだった。ぺこりと頭を下げると、彼もこちらに向かって会釈《えしゃく》する。

この世界で最初に関わった数少ない人物なので一方的に親しみを持っていたが、彼はいつ何時、誰にでも対応がクールである。彼の表情が大きく変わるのを、まだ一度も見たことがなかった。

「次回の会合のことで、神殿から使節が」

「わかった、すぐ行く。懸、すまないが」

「あ、はい。いってらっしゃいませ」

レオは立ち上がり、アルレシャと並んで城の中へと戻っていく。レオの手がアルレシャの肩に触れたのを見て、胸のあたりがもやっと蟠《わだかま》る。

懸が触れたときは拒《こば》むような仕草を見せたのに、アルレシャはいいのか、という疑問が浮かんでしまった。

——いや、彼と僕では付き合いの長さも違うし……関係値も違うだろう。

頭ではそう納得しているのに、妙にもやもやとする。

サンドイッチをもぐもぐと食べながら考え込んでいたら、一応レオの手前遠慮していた子供たちが寄ってきた。

「せんせー、まだごはん?」

「あ、ごめんなさい。すぐに食べますね」

焦って詰め込むと、年長者の子供が、問いを投げた子の頭を「こら、急《せ》かさない」と軽く叩いた。

「いいんですよ先生、食事と休みはちゃんと取らないと駄目だって、うちの母さんもよく言うし」

「す、すみません……」

子供にフォローされて少々恥ずかしく思いながらも、口の中のものを水で流し込む。

この飲料水はアルレシャが用意したものらしく、子供の一人が「アルレシャのお水おいしいよね」と笑った。

「……アルレシャさんって、どういうかたなのかな」

ふと浮かんだ疑問を口にすると、子供たちは何故か揃って目を丸くし、目配せをしはじめた。

そのリアクションの意味を疑問に思って間もなく、「レオ様の幼馴染みですよ」と教えてくれる。

「乳《ち》兄弟だとか言ってました」

「へえ、乳兄弟……」

現代日本で育った懸には身近な関係性ではなかったが、幼馴染みよりももっと近しい関係性にあることは想像できる。

「レオ様、会合のときとかよくアルレシャつれてってるよね」

「筆頭家令っていうんだってさ」

ひっとーかれーってなに、と首を傾げる子に、別の子が「使用人で一番偉い人ってこと」と教えている。

「若いのに、筆頭なんだ……?」

使用人はそれなりの数がいるが、アルレシャよりも年長者は幾人もいる。その中で彼が筆頭というのは、やはり実力者だからなのだろう。

そう納得しかけていたが、子供のうちの誰かが「いなくなっちゃったから」とぽつりと呟いた。

「……いなくなった？」

なにが、と問い返そうとしたのと同時に、控えていた使用人の女性が「こら、あんたたち！」と割って入ってくる。

「懸様のお食事、邪魔しちゃ駄目でしょ！」

怒鳴り込んだ彼女に、子供たちは蜘蛛《くも》の子を散らすように逃げていった。

「すみません、休憩中に」

「いえ。僕も一人きりでごはんを食べるより、子供たちがいたほうが楽しいですから」

とはいえ、彼らの勉強時間もとってあげたいので、食べかけだったものを急いで平らげた。


数日後、幾月かぶりの会合が神殿で開かれた。

あまりいい思い出がないので気が引けたが、召喚された者を帯同する決まりだそうで、懸《かける》はレオとアルレシャとともに参加する。

神殿の広間に置かれた大きな円卓が、会議の場であった。王族の他、座っているのは神官長と懸だけだ。それ以外の付添人などは皆起立の状態で主君の傍に控えていた。

会合で話し合われるのは、主に戴冠式に向けてのことである。日取りや契約の仕方などが、淡々と話し合われた。

——……先日の騒ぎを、知らないわけじゃないはずなのに。

北方領が西方領に奇襲を受けたこと、反撃で西方領が少なくはないダメージを受けたことなど、他の領主や神殿でも把握《はあく》しているはずなのだが、そんな話は一言も出てこない。

被害者であるレオも、もう一方の当事者であるはずのサダルメリクも、なにも言わなかった。

サダルメリクの席はレオの対面に位置しているが、しれっとした顔で座っている。彼の背後には大きなハクトウワシ、それと甲冑《かっちゅう》を纏《まと》った人間の男性が控えていた。

不意に、サダルメリクと目が合った。

レオと同様、とても顔立ちの整った男だが、まとわりつくような視線が不快で、懸は思わず睨み返してしまう。

おや、と意外そうな顔をして、サダルメリクが笑った。

「先日は、失礼したな。レオ」

そう口火を切ったサダルメリクに、レオだけでなく、他の王子二人も少々驚いた顔をした。

「……まさか、お前から謝罪の言葉を聞くとはな」

「雪でも降るかもな。そうなったら、亜人しかいないお前の痩《や》せた土地は大変だろう。まあ、今更数が減ったところでどうということはないか」

殺伐《さつばつ》とした会話に、室内がしんと静まり返る。

サダルメリクは頬杖をつき、唇で弧を描いた。

「あれは、不幸な、不慮の事故だった。魔力の暴走で、お前の城に流れ弾が当たってしまったようだ」

――嘘を吐くな！

咄嗟《とっさ》にそう言いそうになり、ぐっと飲み込んだ。

明らかに害意をもってこちらに攻撃してきたくせに、しかも森林火災のおかげで、ご丁寧に城の前に大きな魔法陣を組んで――こちらの世界で言えば、砲台を設置しているのと同じだ――強大な魔法をぶつけてきたことが露見しているのに、サダルメリクは憎《にく》らしい顔でしゃあしゃあと嘯《うそぶ》く。

――なんて人間だ。……もしかしたら、大きな被害が出たのかも知れないのに。

あれ以来、たくさんの民と関わるようになった懸は、彼らのことを大事に思うようになっていた。

奥歯を嚙み締めて、どうにか憤りを散らすように努める。レオが黙っている以上、自分がでしゃばる場面ではない。

傍らのレオが、口を開いた。

「……そうだな。自陣で暴発していたようだが、怪我人がいなかったと聞いている。幸いだったな」

レオの返しに、サダルメリクが舌打ちをする。互いに、それ以上その話については触れなかった。

——そういうものなのかもしれないけど……なんだか腑《ふ》に落ちない。

正式な謝罪が欲しいところだが、王位継承についての話を聞いていると、ざっくり言えば「戴冠式までの間、簒奪《さんだつ》は自由、奪われるほうが悪い」ということのようだ。

ならば、いらぬ争いの種になる王などわざわざ決める必要がないし、懸がここに呼び出された意味すらないのではないかと思う。そのことについて今更憤りは湧かないが、非常に腑に落ちない、不快な気持ちにさせられた。

だがそれには、継承権二位以下を持つ候補者が簒奪行為を目論《もくろ》むこと自体あまり例がない、という側面もあるようだ。そう納得して、非難めいた気持ちを飲み込む。

「——懸様、なにかご意見などおありですか」

不満げな顔をしてしまっていたからか神官に話を振られ、はっと顔を上げる。

それぞれの領主である王子たち、彼らに呼び出された魔獣や亜人の視線が一気に集まって、思わず硬直した。

息を呑んだのが伝わったのか、隣に座るレオが、そっと懸の手に触れた。

「……、いえ」

ほんの少し緊張が解けて、それだけだったがどうにか返す。

「――では、戴冠式までの間、つつがなくお過ごしください」

その言葉とともに会合が終了し、無意識に全身に入っていた力をほんの少し緩めた。王子たちが離席し、ぞろぞろと部屋を出ていく。

「懸様、顔色が」

背後からアルレシャにそっと声をかけられ、顔を上げる。大丈夫、と答えた声がかすれてしまった。

傍らのレオが、心配そうに顔を覗き込んでくる。

「大丈夫か、懸」

「はい。平気です。……でも、少し休ませていただいてもいいですか。すみません」

顔色が悪いのは、会合の空気ばかりが原因ではない。

神殿への移動手段は、馬車だった。レオの城からこの神殿までは、片道約三〇キロメートルほどあり、四時間前後かかる。舗装《ほそう》されていない悪路を走るというのも勿論だが、自動車とは違い、座面が固い上に揺れが大きい。シートベルトなどもないので、時折体が浮いたりもするのだ。今この状態で再び長時間乗車するのは結構辛《つら》そうだ。

我慢すべきだとは思ったが、かえって迷惑をかけることになりそうで、心苦しいながらも申し出た。

「緊張していたようだし、場の空気に酔《よ》ったのかもしれないな。——少し我慢しろ」

「えっ……？」

そう言うなり、レオは軽々と懸を横抱きに抱き上げた。二十代の凡人男子には非常に不釣り合いな状況だが、抵抗する元気もなくてそのまま身を委《ゆだ》ねる。

年の離れた妹にお姫様抱っこしてとせがまれやったことはあるが、それでも充分重く感じたのに、レオは成人男子を抱《かか》えてもまったく平然としている。

——そもそも、同じ人間でも、僕の世界とは体の作りとか色々違うのかもしれない……。

神殿の中庭に連れてこられ、設置されていた白い石製のベンチにおろしてもらった。芝が一面に敷かれたレオの城とは違い、レンガのようなものや石畳《いしだたみ》で地面が舗装され、植物は花壇《かだん》などに植えられていた。中央に噴水があるせいか、漂《ただよ》う空気がほんの少し湿っている。

「アルレシャ、水を」

「はい」

アルレシャは頷いて、携行《けいこう》していたらしいゴブレットに魔法で水を出してくれた。相変わらず、不思議で綺麗な光景だなと思いながらぼんやりと眺める。

アルレシャの水を何口か飲み、ほっと息を吐いた。

「すみません、面倒をおかけして」

「いや。こちらももう少し気を遣ってやればよかった。……アルレシャ、天馬を借りられるか聞いてくるから、懸のそばに」

「レオ様、それは私が」

引き止めるアルレシャを振り返らず、レオが城の中へ戻っていく。ふと沈黙が訪れ、手持ち無沙汰《ぶさた》の懸はゴブレットに口をつけた。

よく管理された庭の木々や花々を、ぼんやりと見つめる。

「――もう帰ったのではなかったのか」

そんな穏やかな空間を尖った声が裂いた。

はっと顔を上げると、眼前にサダルメリクが立っている。その背後には、会合の場にいた騎士のような男と、鳥の魔獣がいた。

初対面のときの恐怖がよみがえり、無意識に視線を外す。

サダルメリクは顔色が悪いであろう懸を見て、にやりと笑った。

「どうした、具合を悪くしたのか？　なんなら、俺の城の典医にでも診せてやってもいいぞ」

「……いえ、結構です」

一体どんな目に遭わされるかわかったものではない。口を噤んでいたら、隣にサダルメリクが乱暴に腰を下ろした。

小さく息を呑み、思わず体を引く。だがサダルメリクは懸の手首を摑んで捕らえた。手に持っていたゴブレットが足元へ落ちて音を立てる。

「何故俺の元へ来なかった」

低い声で問われ、狼狽する。

別に、懸が選んで来たわけではない。呼び出されたのは懸のほうだ。そんな問いには答えられないが、逆上されるのも恐ろしくてなんと答えればいいのかわからない。

サダルメリクは懸を睨み、手に力を込める。

「あんなやつより俺のほうがはるかに王に相応《ふさわ》しい。何故だ」

「痛……っ」

骨が軋《きし》むほどの力で握られ、たまらず悲鳴を上げる。傍に控えていたアルレシャが駆け寄り、

「サダルメリク様」と少々焦ったように声をかけた。

「それ以上はお控えください、懸様が痛がって――」

宥《なだ》めようとしたアルレシャの頬を、サダルメリクが殴った。唐突な暴力に、懸は言葉を失くす。

地面に倒れ込んだアルレシャは、無表情のまま「申し訳ありません」と謝罪した。

「亜人の分際で、俺に話しかけるな」

アルレシャのほうを見もせず、吐き捨てるようにサダルメリクが言う。

「――、なんてこと、言うんですか」

怒鳴りつけたつもりが、怒りで震えてしまう小さな声で言うのが精一杯だった。震えながらも言い返した懸に、サダルメリクが唇の端だけで笑う。

「低能で役立たずの、卑《いや》しい奴隷の種族だろう。……あんな男に呼び出されたから、常識も教えてもらわなかったんだな」

可哀想に、とサダルメリクが嘲笑《ちょうしょう》する。

そんなもの常識なものか、と反論したいのに、声が出ない。

「人間に支持されていないあいつが、何故選ばれる。あんなやつ、王に相応しくない。反撃もできない腰抜けが！」

怒鳴りつけるように叫び、ふ、とサダルメリクが笑った。

「――もっとも我が国に対抗する戦力など、亜人だらけの国にあるはずがないのだがな。ものの数にもならんが、ただでさえごっそり削《そ》いでやった」

「は……？」

ごっそり削いだ、という不穏な単語に、はっとする。

以前、子供たちと話をしているときに、まだ若いアルレシャが筆頭家令なのを意外だと思った。どうしてだろうと何気なく疑問を持った懸に、子供たちは「いなくなったから」と言っていた。

あの意味がやっとわかる。城内の使用人たちは、ほぼ全滅したのだ。

「今回も『不幸な、不慮の事故』で、城が燃えるはずだったのに、命拾いしたな」

にやりと笑いながら告げられた科白が、一瞬理解できなかった。

明らかな挑発目的の科白に、頭に血がのぼったのか、血の気が引いたのか、自分でもよくわからない。

声もなく顔を強張らせた懸にサダルメリクがにやりと笑う。

「死にたくなかったら、今からでも俺の城に来るといい。……次はどうなるかわからんぞ」

今の言葉は、またこちらに攻撃をしかけるつもりだ、という宣言に違いなかった。

「それとも、自ら俺を選ぶか？」

言いながら、サダルメリクはもう一方の手で懸の顎《あご》を掴み、強引に上向かせる。

「王を選び直すなら、今のうちだ。素直に従って我が国へ来るのであれば、許してやってもいい。……焼け死にたくはないだろう？　あいつの奴隷たちのように」

「っ――」

「――サダルメリク様！」

控えていた騎士が声を上げ、二人の前に飛び込んでくる。

一体何事が起きたのかと見やると、レオの拳を騎士が受け止めているところだった。

「邪魔をするな」

低く唸るような声は、決して大声を張り上げているわけではないのに、鼓膜をびりっと揺らす。護衛なので避けるわけにもいかないのだろう、騎士は躊躇《ちゅうちょ》する様子を見せながらも、退くことはない。だが、微かに震えているようにも見えた。

「……失礼いたしました」

その遣り取りを見ていたサダルメリクが、笑った。

この場に不釣り合いなほど楽しげな様子で破顔し、懸から手を離す。

なんだか言いようのない不気味さを感じ、けれど先程の強烈な不快感はまだ胸に滞留していて、言葉が出なかった。

「なんだ、王位に興味などないような顔をして、そうでもないのだな。そうやって気取っているくせに、いざ招聘人を奪われるとなったら焦るのか!」

レオは的はずれなことを喚《わめ》くサダルメリクを無視して、懸の元へやってくる。

「遅れてすまない、大丈夫か」

「はい、問題ないです」

そうは言いながらも、手を引かれて初めて自分が震えていることに気づいた。掴まれていた手首には、痣《あざ》ができている。レオの表情が曇った。

「城へ戻ったら、手当てをしよう」

サダルメリクの座るベンチからすぐ距離を取り、レオが懸の肩を抱き寄せてくれる。初めてこの世界へ呼び寄せられたときのようでもあり、あの時よりも人となりを知ったお陰か、安堵感は強い。

「招聘人を保有しているからといって、調子に乗るなよ卑《いや》しい奴隷王が！」

「さあ、帰るぞ。懸、アルレシャ」

まだ喚いているサダルメリクに背を向けて、レオが歩き出す。懸は、ついとレオの服を摘まんだ。

「……レオ様、僕が……招聘人が傍にいる君主が、次代の王になるのですか？」

掠《かす》れるような声で質問をすると、レオは怪訝な顔になる。

「いや、それとこれとは……前後関係がおかしい。儀式でなにを、誰を呼び出すのかが重要であって、招聘人の所在は直接的には無関係だ」

「そうですか」

小さく深呼吸をして、懸はサダルメリクを振り返る。

「僕は、あなたを選びません」

こちらが選んでいるわけではないが、サダルメリクはそう勘違いしている。だが、もし懸に選択権があったとしても、あの男は選ばない。心底、召喚されたのがサダルメリクではなくてよかったと思った。

「もう一度選んでいいと言われても、あなたは選ばない。たとえ呼ばれても、行きません」

淡々と告げた言葉に、レオも瞠目している。サダルメリクの表情は笑ったまま、その顔色をみるみるうちに険《けわ》しくしていった。

「――後悔するなよ！」

あなたを選んだほうが、後悔すると思います。

その呟きは、恐らく近くにいたレオにしか聞こえなかっただろう。レオが困惑した表情で懸を見ている。

「呼び出されたのが、あなたでよかったと思っています」

やはり小さな声でそう告げると、レオは戸惑った顔をしながらも「心強いな」と言ってくれた。


レオが一旦《いったん》離席して用意してくれていたのは神殿で飼われている天馬、つまりペガサスだったが、結局陸路で帰ることになった。

サダルメリクとの遣り取りで興奮して、具合の悪さが吹き飛んだこともあったが、レオが「空で万が一のことがあったら対応できない」と思い直したためだ。

先程懸《かける》が思い切りサダルメリクを刺激するようなことを言ってしまったのも一因かもしれな

い。でも言わずにはおれなかった。

がたがたと揺れる馬車の中で、懸はハンカチをアルレシャに濡らしてもらい、それを彼の頬に押し当てる。形のいい唇の端が切れ、頬が少し腫《は》れて青くなっていた。

「すみません。僕を庇ってくださったから、あんな目に」

「いいえ、ご無事でよかったです。大したことはありません、大丈夫ですから」

レオも、心配そうにこちらを見ている。腫れが引くまで押さえておいてください、と少々強引にハンカチを押し付けた。

ゴブレットを忘れたことを思い出したのは何故かそのタイミングだったが、引き返す気にもならないし、あとで謝ろうと懸はぼんやり思う。やはり途中で酔ってしまい、城に到着するまでずっと喋ることができなかったからでもあった。

城に着く頃にはぐったりして体を起こしているので精一杯だった懸を、レオは抱き上げて寝室まで運んでくれた。途中、使用人たちが代わりますと声をかけてきたのが耳に入ったが、レオはそのまま抱き上げてくれていた。

そっとベッドの上におろしてもらう。瞼《まぶた》が重かったが、どうにか開いた。

「……すみません、ご迷惑をおかけして」

「そんなことはない。まだ気分が優《すぐ》れないんだろう。傍にいればよかったな、悪かった」

大きな掌《てのひら》にそっと額を撫でられて、その優しい感触にほっと息を吐く。沈黙が落ち、レオが気まずげに手を離したので思わず「あ」と声を上げてしまった。

「どうした？」

「い、いえ……」

名残惜《なごりお》しい声音になってしまったことが恥ずかしい。なんと言い訳しようかと考えていると、ドアがノックされた。

はい、と返事をする前に、ドアが開く。

「こらっ、リリ。返事を待たずに開けたら駄目だろ！」

年長者である子の叱責《しっせき》が聞こえ、リリのはぁいという声がする。ドアの前に立っていたのは数人の子供たちで、レオがいるとは思わなかったのか、年長者の子ははっと背筋を伸ばした。

「かけるせんせー！」

リリはそんなことはお構いなしで、懸に駆け寄ってくる。まるでついでのようにレオにぺこりと頭を下げたので、レオも苦笑していた。

「あのね、しっぽもってきたの。アルレシャが、かけるせんせいが、おけがされてるからって……いたい？」

そう言って、サダルメリクに摑まれて痣になってしまった手首にリリが触れる。だいじょぶですか？　と心配そうに首を傾げるリリの頭を撫でてやった。

「大丈夫、大したことないよ。馬車酔いのほうがひどいくらいで」

そんな遣り取りをしていたら、他の子たちも入ってきて「お大事になさってください」と声をかけてくれる。湿布を携《たずさ》えていたのは彼らの方で、その中の一人が懸の手首に巻いてくれた。リリは懸の傍にいたがったが、レオと一緒にいるからか、年長者の子供たちに連れられてすぐに帰っていった。

子供たちがいなくなり、ふと沈黙が訪れる。

「じゃあ、俺も」

「——待ってください」

咄嗟に手を伸ばし、退室しようとしたレオの服を摑んでしまう。不敬に気づき、あっ、と手を離した。

レオは目を丸くしていたが、留まってくれるようで、近くにあった椅子に腰を下ろした。

「どうした」

「あの、訊きたいことがあって」

サダルメリクから聞いて、どうしても聞いておきたかったことがある。つい今までいた子供たちの顔が浮かび、懸は無意識に拳を握った。

「サダルメリク、様に」

敬称を付けることに抵抗を覚えたが、レオの兄弟に対して呼び捨てにするのも不敬な気がして苦心してつけた。

「攻撃されるのは二度目なんですか」

懸の質問に、レオは瞠目する。

「どこで、それを」

「本人が……はっきり言ったわけじゃありませんでしたが、そう推測できるようなことを言っていましたし、城の皆も」

レオが、形の良い眉を顰める。掌で口元を覆い、深い溜息を吐く。

「正確には、二度ではきかない。……もともと、あれの国とは小競り合いが多くて」

生まれたときから仲のいい兄弟ではなく、同じ年に生まれたことから、一方的に対抗心を抱かれていたのかもしれないと、レオは感じているようだ。

なるべく関わらないようにはしていたが、数年ほど前に、関係が著《いちじる》しく悪化したのだという。

「……亜人の問題と、交易の件で諍《いさか》いが起きたのが発端だった」

様々な土地から逃げてきた亜人を、レオは保護している。だが、亜人——奴隷は、その領主や主人の財産でもある。略奪行為だ、と騒がれた。

それをきっかけに、細々と続いていた他所との交易が絶たれた。季節は冬になっており、寒冷で瘦せた土地の多いレオの領地は、補給路を閉ざされて窮地《きゅうち》に立たされた。

「前年から凶作は続いていて、その年は特に不作の年だった。あまり作物の備蓄もなかったんだ。もともと我が領は貿易が盛んではないが、例年よりも他国からの輸入品も少なく……」

「それって」

まるで籠城戦《ろうじょうせん》の前触れのようだ、と懸は思った。

籠城戦は、備蓄量が多いほどに長引く。だから、敵地の食料を買い上げて減らしたり、非戦闘員である住民を襲ったりすることで君主を頼らせる。恐らく当時、城内には食うに困った、或《あ》るいは住居の治安が悪くなったことで逃げてきた一般市民たちも押し寄せていたはずだ。まして、他領からの亜人も受け入れていたのだ。この城の食料やその他の物資を枯渇《こかつ》させることがかの国の目的だったのだろう。

「そんな中で、サダルメリクが戦《いくさ》を仕掛けてきた。もともと戦力の差はあったが、食料も揃えられないままの戦には、我が領は持ちこたえられなかった。抵抗はしたが、あらゆる対策の先手を打たれて、間もなく籠城戦となった」

籠城戦は、持ち込まれた段階で負けを意味する。

ただでさえ少なかった備蓄は、あっという間に底をつく。かといって、降伏をしたところで休戦に持ち込んでくれるかどうかも疑わしい。

レオは籠城戦になってすぐ、アルレシャの助言で、ともに当時存命であった父王に助命を嘆願しにいった。

「――そのときに」

組まれていたレオの手に、ぐっと力が入るのが見て取れた。

「サダルメリクの一軍は、前回のような攻撃魔法をこの城に打ち込んだ」

ぞわ、と鳥肌が立った。籠城戦ということは、その場所にたくさんの人が集まっているということだ。他に逃げ場がないから、籠城をするのである。

そこにあんなものを打ち込まれたら。無意識に、掛布を握っていた。

「どうして、なにもお咎めがなかったんですか」

「それは形式上、俺が財産を奪った形になったからだ」

財産というのは、他領――恐らくサダルメリクの領地から逃げてきた亜人の難民のことだろう。それでさえ、サダルメリクに仕掛けられたものに違いないのに。

それが、サダルメリクの侵寇《しんこう》の大義名分となってしまった。それでも、レオは難民を見放すことはできなかったのだろう。

「俺がもたもたしている間に、たくさんの領民と、殆どの使用人、兵士を失った」

王の執《と》り成《な》しで、サダルメリクは撤退《てったい》したが、レオたちの受けた被害は深刻なものだった。

「今城にいるのは、その遺族や遺児たちだ」

使用人も含め、マナーなどが少し甘いと思うことはあった。けれどそれは、レオが優しい君主だからかとも思ったし、この世界としてはそうおかしなものではないのだろうと勝手に理解していた。

――そうじゃなかったんだ。

「鐘の信号は、その後に考えた。避難をする際に、大声を張り上げて指示するよりも確実だから」

そう言いながら、レオが懸に向かって手を伸ばしてくる。

そっと目元を拭われて、初めて自分が泣いていることに気づいた。自覚をしたら、急に嗚咽《おえつ》が漏れた。

「……終わったことだ。懸が悲しんだり、怒ったりするものではない」

泣きながら、懸は頭を振る。自分でもなにを否定したいのかわからず、ただ、強い怒りと悲しみがあった。

「自由に話しかけてきたり、馴れ馴れしかったり、驚くだろう？　……俺は、そういうのも悪くないと思っているがな」

「僕もそう思います。……家族みたいで、いいじゃないですか」

泣きながら肯定すると、レオはその言葉を意外に思ったのか目を丸くする。それから、「そうだな」と笑った。

レオの掌が、躊躇《ためら》いがちに懸の頭に触れる。そして、彼はその広い胸に懸を抱き寄せた。こらえようとした涙がまたこみ上げてきて、懸はその胸に縋る。

数年の月日をかけて、復興してきたのだろう。火の攻撃を受けた割に、城の中に煤臭いところはなかったし、緑も多い。人口が削られたという側面もあるかもしれないが、食うに困っている様子もなかった。

――僕が来て迷惑がっていた理由も、今やっとわかった。

一度勝利したこともあり、サダルメリクはそれ以降自分こそがレオよりも上だと、多少の自己肯定感を得て悦《えつ》に入《い》っていたのだろう。

そんなところに「召喚者を問答無用で継承権一位に押し上げる異世界の人間」たる懸がレオの元へやってきたのだ。やっとほとぼりが冷めたと思っていたのに、更に燃え上がらせるような燃料が投下されれば、レオが迷惑に思うのも必然だ。

「……ごめんなさい」

我慢できずに零れた謝罪の声に、レオの体が強張る。

「なにを謝る。……懸をこんな危険な場所へ呼んだのは、俺のほうだ」

自らの意思で、来たくて来たわけではない。けれど、謝らずにはいられなかった。それは、懸自身がレオやアルレシャ、他の使用人たちを大事に思い始めていたからかもしれない。

「それに、以前懸が言っていたように、父王が亡くなられた時点でどのみちあれとは諍《いさか》うことになっていたんだ。父王が目を光らせていてくださったからこその停戦状態だったのだから。……懸が来てくれていなかったら、もう我が国は滅んでいたかもしれない」

レオは、懸の体を強く抱き寄せる。苦しいくらいの力だが、それが心地よくてまた涙が溢《あふ》れた。

「もとの世界に帰せなくて、すまない。……俺だけでなく、この城の誰もが、懸に感謝している」

顔を埋めたまま、ぶんぶんと首を横に振る。

「俺は——王になる」

力強い決意の言葉に、懸は「はい」と頷いた。

なるもならないも今更だが、と自嘲《じちょう》気味に笑うレオに、懸は頭を振った。

「あなた自身が、それを決めるか決めないかで、世界は変わると思います」

懸の言葉に、ふ、と小さく息が落ちてきた。笑ったのか、それとも嘆息をしたのか。

「……もう、あんなふうに言わせない。……平和な世界にいた懸をこんなところに呼んでしまったのは俺だ。懸に王の資質があると選ばれたわけではない。だが、懸を後悔させないように、誰にも不平を、有無を言わせない王となる」

はい、と懸はもう一度返した。

「来てくれて、ありがとう」

そう告げるレオの声が、震えている。そっと顔を上げると、彼の美しい金色の瞳がきらきらと光っていた。

光を放っているのではなく涙で潤《うる》んでいるのだと気づき、思わず彼の頬に慰《なぐさ》めるように触れる。

自分のほうが余程泣いているくせに慰めようとした懸がおかしかったのか、レオが微笑んだ。

「懸は……懸ならば――」

レオが小さく呟く。けれど、それ以上のことは言わなかった。

顔をずらし、レオは懸の手に口づける。レオの唇の柔らかな感触に、腰がぞくっと震えた。

「懸」

優しく、今までにない甘い声に戸惑いながら、応《こた》えるように瞬きをする。ぽろりと零れた涙を、レオが唇で吸い取った。

くすぐったくて笑ったら、その拍子にぽろぽろと涙が落ちてくる。レオが啄《ついば》むようにそれを拾っていくのがおかしい。くすくすと笑っていたら、不意にレオがこちらをじっと見つめているのに気づいた。

目を閉じたのは、懸のほうが先だったかもしれない。

唇に、柔らかなキスが触れた。

「……やっぱり、全然わからない」

木綿《もめん》のような質感の布を広げ、時折透かして眺めたりしながら、懸《かける》は息を吐く。

大判のハンカチ程度の大きさのそれは、レオに貸してもらった「魔布」と呼ばれているアイテムだ。中央アジアの刺繍《ししゅう》のような模様があしらってあり、それが簡易的に魔法陣の役割を持ち、身につけた者の魔力にブーストをかけるといわれている。

実物を見ればどうにか再現できるのでは、と考えたが甘かった。ただの刺繍入りのハンカチにしか見えない。

「やっぱり駄目か」

元よりそんなに簡単に作れるものだとは思っていなかったようで、レオの声にさほど落胆《らくたん》の色がないのはいいのか悪いのか。

今日の午前中は、レオへの授業ではなく、こちらのことを教わる日だ。以前から興味のあった「魔布」について尋ねると、見せてもらうことができた。「作れるものなのか?」と訊かれ、細部まで眺めてみたがどうにも無理そうだ。なにもわからない。

「これが魔法陣ということは、この通りに、同じ刺繍をするのでは効果は得られないのですか?」

「俺も製法については詳しく知らないのだが、微かな魔法で作られているんだ」

つまり、糸に魔力を仕込んでいることが肝《きも》のようだ。

魔法陣も、ただ書いただけでは駄目なようで、つまりまったく魔力のない懸が陣を書いたとしても、効力は発揮《はっき》しないのだという。

「……じゃあ、僕にはそもそも無理なのかもしれないですね……」

皆、魔布からは微少の魔力を感じるそうなのだが、凡人の懸には、それすら感じ取れないのでお手上げだ。

ううん、と唸りながら広げて眺めてみる。

「だが、魔布を作ったのは数百年前の招聘人だそうだぞ」

「えっ⁉」

机上に凭《もた》れかけていた上体を、思わず起こす。

「当時の南方領の領主が得た招聘人が考案したそうだ。当初は『あぷり』と呼んでいたそうだが」

「あぷり……アプリ？」

どうにも耳馴染みのある単語に、眉根を寄せる。この世界は、別に元の世界と時代や時間の流れが連動しているわけではないらしい。五百年前に呼び出された招聘人が、西暦一五〇〇年代の人間とは限らないのは、彼らが齎《もたら》した「革命」の内容などからも知れる。

「そういう記録って、なにか残ってないんですか？」

「……神殿にいけば、記録があったはずだ。だいぶ昔の招聘人だが、魔布の製作者のダイチの記録は多く残っている」

「じゃあ、いずれ閲覧《えつらん》したいです」

「そうだな」

やはりというか、「ダイチ」という名前を聞くに、懸とそう年代のかけ離れた人ではなさそうだ。もしかしたら、彼自身の残した記録なども見つかるかもしれない。

「それが見られれば、僕にも作れるかもしれないですし」

魔布は製造から流通に至るまで全て神殿が管理しており、亜人は所持できないこととなっている。法律では「神官が作る魔布は人間以外使用してはならない」とあるのだ。

拡大解釈《かいしゃく》をすれば、神官が作っていない魔布なら人間以外も使用していいのだろうか。そう質問したらレオは呆気《あっけ》に取られたような顔をして、笑った。それで、魔布を見せてくれたのだ。そう簡単には作れるものではない、という意味も込められていたのかも知れない。

レオは軽く、懸の頭を叩く。

「楽しみにしていよう」

「……本気にしていませんね？」

懸の問いに、レオは否定も肯定もせずに笑った。その穏やかな優しい笑顔に、胸がどきりとする。

——……結局、あれはなんだったのだろう。

数日前、会合から帰ってきた際に、レオは懸にキスをした。

王になる、という決意を改めて聞いて、懸は妙に気を高ぶらせてしまったが、それは彼も同じだったのかもしれない。

泣いていたから慰めるためだったのか、それとも別の理由だったのかはわからない。緊張状態が急激に緩和《かんわ》したせいか、懸はいつのまにか眠ってしまっており、追及しそびれてしまった。

——追及もなにも、自分も、よくわからないし。

瞼を閉じて、まるでキスを請《こ》うような仕草をしたのは自分だ。けれど、どうしてあんな行動を取ってしまったのか、自分でも自分がよくわからない。

もし「あれはなんだったのですか」と聞いて「お前はどういうつもりだったんだ」と切り返されたら、答えに窮《きゅう》してしまうのがわかっていた。

だからあの日のことを訊けないまま、レオもなにも言ってくれないし、ずるずると過ごしてしまっている。

「——懸」

「はいっ！」

名前を呼ばれ、自分でもびっくりするくらい大きな声を上げてしまった。レオが目を丸くし、ふっと笑う。すみませんと思わず頭を下げた。

「……懸に、言っておきたいことがあるんだ」

「言っておきたいこと……？」

それは、キスの理由に繋がることだろうか。

そんな疑問が胸をよぎったのと同時に、コンコン、と軽く扉を叩く音がした。

話の途中だったのに、条件反射で「はい」と返事をしてしまう。あ、と思ったが遅く、ドアが開いてしまった。

すみませんと小さく謝ると、レオの苦笑が返る。

「しつれいします！」

ドアから顔を覗かせたのはリリと、人狼の少年、プロキオンだった。意地悪をした側とされた側だったが、彼らは最近よく一緒にいるようだ。狼と羊が一緒にいる様子はなんだかメルヘンチックだな、と二人を見かけるたびに思う。

「せんせ、おひるごはんいっしょにたべませんか」

「あ、はい。もうそんな時間なんですね」

妙に慌てながら捲《まく》したて、懸は腰を上げる。

「長々と申し訳ありません。レオ様、参りましょうか」

朝や夜はそれぞれの部屋で食事をとるのだが、昼食は相変わらず、レオと二人でとることが多い。いつのまにか中庭に用意されているのだ。最近は、そこに子供たちが混ざることも多い。

二人の後ろから、もうひとり亜人が顔を出した。

「シリウスさん」

シリウスは人狼で、プロキオンの兄だ。年齢は二十歳だと聞いているが、背が高く、落ち着きがあるので最初は年上かと思ったほどだ。

彼が授業中以外にやってくるのが珍しく、ちょっと驚く。

「珍しいですね。弟さんたちの付き添いですか？」

「あ、いえ……授業で訊きたいところがあって」

頭を掻きながらしどろもどろになる様子に、首を傾げる。もしかしたら、授業の質問は口実でなにか相談したいことでもあるのだろうか。

「昼食の時間くらい、休憩させてやったらどうだ。質問はそれ以外の時間にすればいいではないか」

言いよどむシリウスにそう言い放ったのはレオだった。

懸のことを思って言ってくれているのだろうが、主君にそう叱責《しっせき》されてシリウスの尻尾が怯むようにピンと跳ねる。

慌てて、懸は執《と》り成《な》した。

「大丈夫ですよ。シリウスさんもよかったら、お昼をご一緒しませんか」

「あ……、いえ、……はい」

レオを見ると、少々むすっとしていた。心遣いは嬉しかったのに、それを無下《むげ》にする形になって機嫌を損ねてしまったかもしれない。

――さっきは、話の途中で切り上げてしまったし……。

ちらりと見上げ、「先程のお話は」と小声で問うと、レオは「……もういい。そのうちで」と無表情で返した。

やってしまった、と懸は萎《しお》れる。

五人で中庭に向かう間は少々気まずかったが、子供二人がきゃっきゃと喋っていたのでお通《つ》夜《や》のような空気にはならなかった。

中庭には既に昼食の準備は整っており、いつものように二人並んで敷布に座る。リリたちは敷布ではなく、芝の上にそのまま座った。以前こちらへおいでと誘ったことはあるが、それは周囲の大人に止められてしまったのだ。

懸はよくても、レオの威厳《いげん》に関わるかも知れないと思い、それ以降は誘わないように気をつけている。

「――レオ様」

食事を始めて間もなく、遣いに出ていたらしいアルレシャが空から降り立った。相変わらず、優雅なその姿は天使のようで美しい。

顔を寄せ合って耳打ちしているということは、なにか重要な話なのかもしれない。やがて、レオは食事の途中だというのにすっと立ち上がった。

「すまない、席を外す」

「あ、はい」

レオはシリウスをちらりと見て、それから懸に視線を戻した。

「俺がいなくても、別にいいだろう」

「……え？」

かけられた言葉の意味が一瞬わからず、護衛的な意味で他にも人がいるから安心しろということだろうか。だが、妙に意味深な、含むところのありそうな言い方で、胸がもやもやする。

なんと返せばいいのかわからずただ見上げていると、レオはくるりと背中を向け、アルレシャと並んで城の中へと戻っていった。

彼らの距離感の近さは乳兄弟という間柄によるものだろう。一応重要なポジションにいるとはいえ、懸の前で話せぬ機密も当然あるに違いない。

立太子宣明の儀で召喚した者とされたものは、原則として傍にいることになっているそうだが、自分などよりアルレシャのほうがよほど長い間一緒にいるな、と思う。胸のもやもやが、更に増した。

「かけるせんせ？　どうしたの？」

二人の姿が消えてもぼうっと見続けていた懸の前に、リリの可愛らしい顔がカットインしてくる。わ、と声を上げ、懸は笑った。

「なんでもないですよ。……よかったら、リリ、食べますか？」

なんとなく食欲が失せてしまい、まだ手をつけていないサンドイッチを見せる。リリが「いいの？」とぱっと顔を明るくした。プロキオンとシリウスの兄弟にもすすめる。兄は遠慮がちに、弟は喜んでサンドイッチを頬張っていた。

陽の光を浴びながら、暫《しばら》くぼんやりする。太陽光を浴びるのは、ポジティブな思考に繋がると聞いたことがあったので、浴びられるだけ浴びようと思った。

懸は「そういえば」とシリウスを見る。

「授業で、わからないところがあったんでしたっけ？」

シリウスはサンドイッチを飲み込んで、慌てて居住まいを正した。

「ええと、どうしてさっきの……五六七掛ける一〇一の答えが、これで間違っているのかなって」

言いながら、彼が地面に筆算をする。今日の午前中に授業で出した問題だ。

先程は他になにか相談事でもあるのだろうかと思ったが、気のせいだったのかもしれない。

「ああ、これはゼロを詰めて計算してしまっているでしょう？　ゼロにはなにをかけてもゼロになりますが、だからといって計算から仲間外れにしてはいけません。これだと、一〇一じゃなくて十一を掛けていることになってしまいます」

計算ミスの箇所を指差し、もう一度計算させてみると、今度はきちんと計算できていた。そこに、プロキオンも入ってきたので、懸は地面に練習問題を書いていく。

まだちまちまと食べ続けているリリが、もぐもぐと咀嚼《そしゃく》しながら「ねえせんせ」と問いかけてきた。

「はい、なんですか」

「レオさまは、いつおうさまになるの？」

こちらの心情を知っているわけではないだろうが、問いかけにどきりとする。

「お話し合いがあるそうで、それでもあと少しだと聞いていますが……」

王位継承権が決められてから、半年ほどかかると以前聞いていた。当初、王位などいらないと言っていたこととは無関係に、時間がかかるのだという。

本来、王が存命の場合はすぐに戴冠式が行われるそうなのだが、今回は王の崩御《ほうぎょ》によって緊急的に立太子宣明の儀が執り行われたため、色々な話し合いが持たれているそうだ。

国を動かすときに、即決即断といかないのは当然なのかもしれない。

また奇襲されないとも限らないし、不安は大きい。

「レオ様が王様になられたら、きっともう少し安全に暮らしていけるようになるでしょうね」

懸が言うと、プロキオンは「そうなるといいなぁ」と呟いた。

彼らの両親は、先の戦争で亡くなっているそうだ。

こちらの世界と懸の生まれ育った日本という国とでは治安を含めて色々なことが異《こと》なる。無闇な同情は傲慢《ごうまん》だと思うが、身近な子供の不幸な事情を知れば、やはり心は痛んだ。

リリがじっとこちらを見つめているのに気づき、懸は意識して笑顔を作る。

「リリ、どうしたの？」

「レオさまがおうさまになったら、けっこんするの？」

「えっ？」

質問の意味がわからず、目を瞬く。水を飲んでいたシリウスが、ごほっと噎《む》せた。

「ええと、王様になっても、お相手を探すのが先……じゃないのかな？」

即位とセットではないにせよ、王様にはお后《きさき》様が必要ではあるだろう。

いずれ彼も結婚して子を生す。

そこまで考えて、ずきりと胸が痛んだ。アルレシャと並んでいるのを見たときに、もやもやと抱えていたものが痛みに変化したような感覚だ。懸は無意識に胸を押さえる。

けれど、次にリリの放った科白に、その痛みが爆発霧散した。

「かけるせんせーと、けっこんするよね？」

「えっ⁉」

思わず大声を出してしまい、中庭にいる人々の視線が集まる。

「リリね、レオさまとアルレシャがけっこんするとおもっててね、みんなそうかもねっていってた。あのね、でもかけるせんせーがきてね、レオさまのおよめさんになるんだって」

辿々《たどたど》しく、一生懸命話すリリは可愛いけれど、内容が理解できないのはリリの説明のせいだろうか。

――いや、そもそもアルレシャさんも僕も男でね……。

ううん、と頭を抱えた懸に、シリウスが思わずと言ったように「リリ！」と遅ればせながら口を塞《ふさ》ぐ。

けれど、この国は――もしかしたらこの世界自体が、同性同士の恋愛に寛容なのかな、と思うところはあった。城内や領内で、同性のカップルと思わしき二人を見ることがよくあったからだ。

――とはいえ、お世継ぎ必須の王様が、同性を娶《めと》るってことはないと思うんだよね。王侯貴族は一夫多妻でもいいみたいだから、いいのかな……。

一夫多妻、というワードに、また胸が痛む。けれど自分には、その痛みを覚える理由がないはずだ。

口を噤んだまま固まっていると、黙ってずっとサンドイッチを食べていたプロキオンが口を開いた。

「レオ様と懸先生って、もう結ばれたんじゃないの？」

「へっ？」

思わず変な声を出してしまった。「プロキオン！」と兄のシリウスが怒鳴る。

「だって、このあいだ二人が一緒に寝てたからそうだって、大人が……」

シリウスがリリに続いて弟の口を塞いだが、不穏な言葉はもう耳に入ってしまった。

プロキオンがその言葉の意味をわかっているかは知らないけれど、少なくはない数の大人がそう思っている、ということが端々から察せられる。

——それは本当に僕が眠ってしまっただけで……。

気付けば興味津々《しんしん》、といった様子で中庭にいる使用人たちがこちらを見ている。

小さく息を吐き、懸は「あのね」と周囲にも聞かせるつもりで子供たちに向き合った。

「ええと、まず僕とレオ様は、王様になる方と招聘人という立場であって、そういう関係じゃありません」

きょとんと目を丸くする二人に、なんだかずきずきと胸が痛んでくる。

「そういう?」

「恋人関係にはない、ということです」

説明しながら、今度はなんだか息苦しくなってきて、胸を押さえた。

男同士では子供が作れず、結婚できないんだよ、という言い方は、現代日本でもあまりいい説明ではない気がするので、どう説明したものかと悩む。

——いや、でも、お世継ぎが絶対的に必要な場面でそれは説明としてありなのかな……。

頭を悩ませ、とにかく事実だけを伝えようと、もう一度口を開いた。

「なので、僕がお嫁さんになる予定はありませんし、そういう誤解はレオ様にとってもご迷惑で……」

　説明している途中で、リリが眉を顰めて首をひねる。あまりに首を曲げるので、転ばないようにその肩を支えてやった。

「うんと、よくわからないけど……レオさまとかけるせんせー、けっこんしないの？」

「そう、ですね」

「どうして？　レオさまのこと、きらい？」

「嫌いではないですよ！」

　咄嗟に否定してしまい、「それは、本当に」ともごもご付け足す。無邪気な問いに、自分でもまだ意識していない部分を暴かれるようで、いやに落ち着かない。

「この世界に来て、お世話になっていますし、たくさん」

　アルレシャほど、信頼はされていないかもしれない。それはきっと、自分は異なる世界からきた人間であるし、まだ出会って間もないのだから当然だ。

「招聘人」という立場はだいぶ重苦しいけれど、自分は自分にできることをとにかく探し、レオに報いることができるようになろうという思いは強い。

　レオにとって必要な人間になれるように頑張りたい。そう思える相手を、嫌いなはずがなかった。

「個人的な感情の問題ではなく、そもそも僕たちでは」

「じゃあすき?」

「え……っと」

説明をし終わらないうちに畳《たた》み掛《か》けられ、思わず言いよどんでしまい、リリが不安げな顔をする。大好きな主君を否定されるような気がして悲しいのかもしれない。

かといって、大人同士の関係性において臆面《おくめん》もなく好きというのは、それがどういう「好き」であっても躊躇《ちゅうちょ》する。

ましてや、自分は。

「レオさまのこと、すき?」

「す、……すき、ですよ。もちろん」

まるで追い詰められるように口にした瞬間、かあっと頬が熱くなった。赤面しているのが自分でもわかる。子供のただの問いかけなのだから平然と、するっと答えればいいはずなのに、顔が熱い。

とうに、薄々感じていた心情を暴かれ、明確に自覚させられて、恥ずかしいことこの上ない。

リリは答えに満足したのか、にこーっと満面の笑みになった。

「せんせ、せんせ。じゃあ、リリのことは?」

「……大好きですよ」

懸の答えを聞いて、リリは抱きついてくる。

「リリも、せんせいだいすきー！」

くふ、くふっと可愛らしく笑うリリを抱きしめながら、頭がぐらぐらしていた。

使用人たちの視線がいまだ注がれているのも感じるし、一体どんな目で見られているのか確認する勇気もない。

リリの後ろにいたプロキオンが、「あ」と声を上げる。その視線は、懸ではなくその背後に注がれていた。

「――」

振り返ると、そこにはレオが立っていて、こちらを見下ろしていた。思わずひっと小さい悲鳴を漏らしてしまう。

――ど、どこまで聞かれて……？

先程までよりも自分の顔は真っ赤に違いない。頭に血が上《のぼ》り、きーんと耳鳴りまでしてきた。

レオは頭を掻き、顔を近づけてくる。

「リリのことは『大好き』で、俺のことは『好き』なのか？」

揶揄うようでもなく、ただ淡々と確かめるようにレオが問うてきた。

――やっぱり、聞かれてた！

懸はリリを引き剝がし、立ち上がる。

「あの、違いますから。全然！　そんなんじゃないですからー……っ！」

自分でもなにを言っているのかわからないまま、叫びながら脱兎《だっと》のごとくその場を逃げ出す。

背後で、わっと大勢の声が上がるのが聞こえたような気がした。


なにも、大勢の配下の前で思いきり否定する必要もなかった。

そう後悔しても遅い。

自室で身悶《みもだ》えていると、ドアをノックする音がした。誰とも会いたくないな、と思ったけれどそういうわけにもいかず、ベッドを降りて「……はい」とたっぷりの間を置いて応《こた》える。

「……アルレシャさん」

現れたのは、今あまり見たくなかった顔だ。彼も先程あの場にいたのだろうか、あまり記憶にない。羞恥《しゅうち》で火照《ほて》る顔を押さえて、懸《かける》は笑みを作る。

「どうされたんですか?」

「懸様すみません、少々お話がございまして。今、お時間よろしいですか」

中庭の件とは別の話のようで、内心ほっとする。

「あ、はい。どうぞ」

彼に対して嫉妬《しっと》のような対抗心のような感情を抱いていたのは、多分誰も知らない。自分でさえ、あまり意識していなかったくらいなのだ。

この世界に来てから、レオと同じくらいに世話になっている人なのに、なんて恩知らずなのだろうと自己嫌悪に陥る。

「あ、そうだ。ワインでもいかがですか」

「いえ、お構いなく」

日本ならば客人にはお茶が定番だが、この世界ではお茶ひとつ用意するのも骨が折れる。魔法が使えれば幾分か楽な作業でも、魔法が使えない懸にとっては相当難易度が高い。

そうなると、こちらの世界での飲み物の定番はワインか水だ。懸はあまりワインが得意ではないので、いつも持て余し気味なのである。

「僕、ワインをあまり飲まないので、せっかくなら飲んでいってください。あ、そうだ。頂いたチーズと木の実があるんです」

気まずさと緊張で、懸はいつも以上に饒舌《じょうぜつ》だった。アルレシャに背を向けながらおもてなしの用意をし、ぺらぺらと喋ってしまう。

「そういえば、アルレシャさんの羽ってすごいですよね。大きくて美しい羽ですけれど、それで体を支えられるのが不思議です」

羽を持つ亜人は、アルレシャのように天使のような姿のものから、半分が鳥のようなハーピーやセイレーンなどがいる。どちらもそうなのだが、体に対して飛べるはずのないサイズや位置にある羽で空を飛ぶのが不思議だ。それは彼らだけでなく、ペガサスや怪鳥などを見たときにも思った。

鳥は空を飛ぶために極限まで体を軽量化している生き物である。人間一人を羽の力で飛ばすのは、実質不可能だ。

しかも彼らは「滑空」するのではなく、上昇気流のない場所でも、羽ばたいて飛ぶ。

「……羽のある亜人や魔獣は、羽のみの力で飛んでいるわけではなく、魔力を媒介《ばいかい》して飛翔します」

「ああ、なるほど。そうですよね」

推力や揚力や抗力を、魔力で代用するということだ。もしかしたら飛翔自体も魔力なのかもしれない。

改めてファンタジーな世界に来たものだな、と思いながら、小さなナイフとまな板でチーズを切った。

「ですから、重いものを持って飛ぶことも出来るんです」

「へー、そうなんですね」

そう言えば、子供も女性も、成人男性である懸よりも悠々と重いものを運んでいる。あれは亜人だからかと思っていたが、もしかしたら軽微な魔力を発して支えているのかもしれない、という可能性に思い至った。

「重いものって、どれくらいまで可能なんですか？」

木製の皿に切ったチーズを乗せ、振り返る。

「――っ」

思った以上に目の前に、アルレシャが立っていた。手に持っていた皿が、からんと音を立てて床に落ちる。

「……そうですね。人間、一人くらいなら余裕です」

そう言うなり、アルレシャは懸を横抱きに抱き上げた。

「――！」

咄嗟に抵抗もできないまま、アルレシャが窓から飛び降りる。懸は抱えられる格好で、空へと連れ出された。

足場も命綱もない不安定な状態で経験したことがないくらい高くまで運ばれ、悲鳴も上げられない。

――レオ様……！

ふっと意識が遠のくのが自分でもわかる。

空を赤く染め始めていた西陽が視界に入ったのと同時に、懸は意識を手放した。

傍《かたわ》らに巨大なハクトウワシを控《ひか》えさせた赤毛の男――サダルメリクが、玉座からこちらを見下ろしてくる。顔立ちは整っているが、にやにやと笑うその表情は醜悪《しゅうあく》で、懸《かける》は嫌悪感を飲み込みながら相手を無表情に見つめた。

レオの城よりも、サダルメリクの城は広く、玉座の間も大きい。だが圧迫感を覚えるのは、不安や緊張、そして武装した数人の騎士が壁際に控えているせいだろう。

「招聘人《しょうへいじん》、気分はどうだ？」

楽しげに問う声がひどく耳に障《さわ》り、肌が粟立《あわだ》つ。

目が覚めたら、見知らぬ部屋にいた。窓の外を見ると西に傾いていたはずの太陽が真上にあり、懸は自分が拐《さら》われ、少なくとも一晩が経過してしまっていたことを察したのだ。

「……僕の世界では生身で空を飛ぶ機会はないので、とても新鮮でした」

懸の気丈な返答に、サダルメリクは唇を歪めて右目を眇《すが》めた。愉快そうでもあるし、不愉快そうでもある。不愉快そうなのは、期待していた答えと違ったからだろう。

もっとも、懸は殆《ほとん》ど気を失っていたので中空の景色はあまり見ていない。

――大方、レオ様の乳《ち》兄弟で側近であるアルレシャさんが裏切っていたことについて、言及してほしかったんだろうけど。

だが、わざわざサダルメリクの喜ぶ回答をしてやる義理もない。

レオに対し度が過ぎた執着心を見せる相手を、懸は注視する。

懸の隣には、ここまで——西のサダルメリクの城まで懸を拐ってきたアルレシャが控えていた。彼は、この城に着いてから一言も発していない。

サダルメリクの本拠地《ほんきょち》たる城は、レオの城から南西に数十キロほど離れた場所にあるという。そこまで数時間の距離を、懸はアルレシャに抱きかかえられて文字通り飛んできたのだ。気絶していた懸でさえ疲れているのだから、アルレシャは相当疲弊《ひへい》しているに違いない。

その美貌《びぼう》には疲労の色が浮かんでいたが、恐らく彼にこの暴挙を強《し》いたサダルメリクは労《ねぎら》う様子もなかった。

ち、と舌打ちをして、サダルメリクはつまらなそうに肘掛《ひじか》けに頬杖をつく。

「——おい。何故服を着せている」

サダルメリクがアルレシャへそう問いかけ、懸は目を瞬《しばたた》く。

——何故服を着せている、ってどういう意味だ。着てるに決まってるじゃないか。

困惑していると、傍らに控えているアルレシャが口を開いた。

「夜の空は冷えます。……懸様は今体調を崩されているので、お召しのままお運びしました」

懸の体調に問題はなかったが、恐らくそれは方便だろう。つまり、先程の科白《セリフ》は「何故懸を脱がせていないのか」ということだ。だがやはり、言っている意味がわからない。

サダルメリクは頬杖をつきながら、玉座の横のテーブルに置いてあったゴブレットを手に取った。

そしてそれを、アルレシャめがけて投げつける。

「──!」

懸が反射的に身を強張《こわば》らせた一方、身動《みじろ》ぎすらしなかったアルレシャは、それを額に受けた。

ごつ、という音とともに中に入っていた少量のワインが、こちらにまで飛んでくる。

一瞬息を詰めた気配がしたが、それでもアルレシャは無表情のまま、微動だにしない。

「口を開くな、亜人の分際で」

お前が訊《き》いたんだろうが、と啞然としながらも、懸はぐっと堪《こら》えて口を噤《つぐ》む。とにかく、無言でいることがこの場では最善に違いない。

なにより、平和な日本で平凡に暮らしてきた懸にとって、理由なき一方的な暴力というのは目にするだけで身が竦《すく》むことだった。

アルレシャは口を閉じたまま、深々と頭を下げる。

「とりあえず、そこの招聘人は客間にでも入れておけ」

そんな科白とともに、部屋の隅にいた騎士たちが懸のもとへと寄ってきて、こちらですと促《うなが》した。困惑しながら、跪《ひざまず》いたままその場を動かないアルレシャと騎士たちを見比べる。

「あの、アルレシャさんは」

「――さあ、こちらへ」

まるで遮《さえぎ》るようにそう言って、騎士たちは懸を追い立てるように取り囲む。

「アルレシャさん」

縋《すが》るように呼んだが、やはり彼はこちらを見なかった。退室間際に一度玉座を見やると、サダルメリクはつまらなそうに窓の外を見ていた。


通されたのは、窓に格子のはめられた部屋だった。調度品こそ、それなりに高価なものではあったが、到底「客間」とは思えない。

「それでは、ごゆっくりお寛《くつろ》ぎください」

「あの――」

騎士たちはとりつくしまもなく、無言で退室する。ドアが閉まる音とともに、がちゃんと金属のぶつかるような音がした。

慌ててドアに駆け寄ると、案の定《じょう》、開かなくなっている。どうやら外側から施錠《せじょう》されてしまったらしい。

半《なか》ば予想していたこととはいえ、いくら設備が整っていても監禁されるのはやはり気分のいいものではない。小さく息を吐《つ》き、懸はドアから離れた。

――客間じゃなくて、独房だな。これは。

誘拐され、監禁されてもそれなりに冷静でいられるのは、異世界にいること自体が非日常だから今更だということもあるが、そればかりではない。

懸は、上着のポケットから紙片を取り出して、それを開いた。

『よるに　くりやの　けいびが　てうすに　なります。おりをみて　そこから　にげてもらいます。まきこんで　もうしわけありません』

くりや、というのは厨《くりや》――台所のことだろう。夜になれば厨の警備が手薄になるから、そこから逃げろと。

ぎこちない字で書かれたひらがなのメモは、レオの城にいたときには確実に持っていなかった。つまり、気を失っている間にポケットに入れられたものだ。

――書いたのは、多分アルレシャさん。

彼は本来の仕事が忙しいので懸の授業に顔を出すことは他の使用人たちよりも少なかったけれど、ひらがなでの読み書きはできていた。

裸に剝《む》かれなかったのは体調を気遣《きづか》ってくれたこともあるのかもしれないが、恐らく本来の目的はこれを服に忍ばせ懸に読ませるためだ。

――それに、これなら万が一取り上げられてもサダルメリク側に内容がバレない。やっぱりひらがなを教えててよかったかも。……こんなふうに使われるなんて、まるで暗号文だなぁ。

ふと、以前レオが、領民に文字を教える際にこちらで使われている英語に似た表記ではなく、ひらがななどを覚えさせることのほうが「都合がいい」と言っていたことを思い出した。

あのときは単に、こちらの言語と相性がいいからだろうと思い深く考えていなかったが、もしかしたらこのような場面を想定していたのかもしれないと遅ればせながら察する。

なによりも、このメモがあることでアルレシャが一応の味方であることが信じられ、冷静でいることができている。それすらも罠《わな》の可能性がないわけではないが、とにかく今は心を乱されないことが大事だ。

メモのひらがなを視線でなぞりながら、懸は息を吐いた。

――それにしても、どういうことなんだろう。

アルレシャは、サダルメリク側の間者だったということには間違いない。

だが、こんな手紙をわざわざ寄越すということは、完全な裏切り者であるというよりはなにかしらの事情がありそうだ。或《あ》いは、元々はサダルメリク側だったが、レオ側に情が移ったか。

だが乳兄弟だと言っていたし、と懸は眉根《まゆね》を寄せる。

どういう事情にせよ、アルレシャが両領に通じていることには、なにか理由があるのだろう。

――じゃあ、その理由って？

逃げてもらいます、とあるが、懸が逃げたらアルレシャはどうなるのか。

一時でも懸を拐えたのなら合格、そのあとはすぐに逃げられても良い、とはならないだろう。人質をとることは交渉などなにかの取引を前提としていると考えるのが普通で、それが済むまで拘束《こうそく》しなければ意味がない。

懸が逃げることで、不利益を被《こうむ》ったりはしないのだろうか。彼がダブルスパイである理由にとって、不都合が生じたりしないのだろうか。

先程ゴブレットを投げつけられた光景が蘇《よみがえ》り、ぞくりとする。きっとあの男は、アルレシャを傷つけることに罪悪感や躊躇《ちゅうちょ》を覚えることはない。

詳しい状況もわからず、この場から逃げる算段もなく、無為に時間だけが過ぎていく。

「――――！」

不意にドアのほうから物音がして、懸は反射的に振り返る。立っていたのはアルレシャだった。

「……アルレシャさん！」

綺麗な顔には、あちこちに先程まではなかったはずの痣《あざ》が出来ている。額の青痣はゴブレットをぶつけられたところだろうが、左の口の端と、同じく左側の目元にも青紫の痣があった。

慌てて駆け寄り、その痛ましさに懸は顔を顰める。顔立ちが美しいせいか、より痛々しく見えた。

「どうしたんですか、その顔……！」

思わず叫んだ懸にアルレシャは無表情のままふいと視線を逸《そ》らす。

「……大したことではありません」

そう呟くなり、彼は後ろ手にドアをしめた。そして、人差し指を自分の唇に押し当てる。

黙って、という仕草に、懸は咄嗟《とっさ》に口を噤《つぐ》んだ。もしかしたら、ドアの外に見張りが立っているのかもしれない。もしくは、この世界には隠しカメラや録音機器などは存在しないが魔法があるので、なにかしらの方法で盗聴される可能性も考えられた。

アルレシャは懸の手を取り、掌《てのひら》に「よる　むかえ　きます」と、夜にここへ迎えに来るという旨《むね》の文字を書いた。そしてようやく聞き取れるくらいの声量で「申し訳ありません」と囁く。

逃がしてくれると、そういうことなのだろう。懸は同じようにアルレシャの手を引き、彼の掌に「あなたは?」と書いた。

勿論《もちろん》一緒に逃げるんですよね。そういう意図を込めて見返すが、アルレシャは無表情のままなんの反応も示さなかった。

——どうしてなにも言ってくれないんだろう。

どうしてこんな状況に陥《おちい》っているのか説明してほしい。事情があるなら話してほしい。けれど、アルレシャはきっと答えてはくれない。

「……ちゃんと、説明するのは、難しいですか?」

そう問いかけると、アルレシャはどこか辛《つら》そうな表情をした。そしてまた、申し訳ありません、と呟く。

「謝ってほしいわけじゃないんです。……ただ、事情を話してくれませんか」

説明してくれたら、なにか手伝えることがあるかもしれない。現状を打破する可能性が見いだせるかもしれない。

「一人で悩むより、良い答えが導きだせるかもしれないでしょう？」

ぎこちなく笑いかけると、アルレシャは微《かす》かに唇を噛んだ。彼は迷っているように、懸には見える。

もう一度押せばなにか喋《しゃべ》ってくれるだろうか——そう思って口を開きかけたとき、廊下からなにやら騒がしい気配がした。

それがなにかと確認するより早く、ばん、と大きな音を立てて乱暴にドアが開かれる。

——サダルメリク！

背後に騎士二人を従えて、サダルメリクが現れた。真紅の髪を持つ長身の男は、嘲笑《ちょうしょう》にも似た笑みをその容貌《ようぼう》に貼り付け、懸たちを睥睨《へいげい》する。

咄嗟《とっさ》にアルレシャを庇《かば》うように立つと、サダルメリクは目を丸くした。それから、く、と喉を鳴らして笑う。

「招聘人が亜人に対して慈悲深いという通説は本当なんだな」

どう答えたらいいかわからず黙り込んだ懸の前に、アルレシャが立つ。サダルメリクは鬱陶《うっとう》しそうにアルレシャの真っ白な羽を摑んだ。抵抗もしないアルレシャの羽が、男の手でぐしゃりと乱暴に折られるのを見て、懸は反射的に「やめてください!」と叫ぶ。

サダルメリクは鼻で笑い、ぱっと手を離した。風切羽と思わしき箇所の羽が、折れているのが目に入る。

「お優しいんだな」

理由のない暴力に嫌悪や恐怖を覚えるのは、優しいからではない。それが人として、普通の感覚だというのが、この男にはわからないらしい。

掌に残った羽毛を、サダルメリクは床に散らす。

「これくらいどうってことない。獣と違って、多少折れたところで飛ぶのに不都合はないからな」

獣のほうがまだ慈悲がある。そう思えるような酷薄な笑みを男が浮かべる。懸に、怒りとも恐怖とも言えない感情が湧き上がってきた。

「そういう問題じゃ……――、っ!」

言い返そうとして、はっと息を呑む。

反抗的な態度に苛立《いらだ》ったのか、サダルメリクは懸に向かって拳《こぶし》をふるった。アルレシャが羽を広げて咄嗟に庇ってくれなかったら、まともに顔面を殴られていたかも知れない。

「っ……!」

羽を殴られたアルレシャが、懸のほうへ倒れ込んでくる。支えようとしたが間に合わず、二人一緒に床に転がった。呻《うめ》くアルレシャを、慌てて支え起こす。

「すみませ、ん……」

「こちらこそすみません。僕のことより、アルレシャさんのほうが……大丈夫ですか⁉」

大丈夫です、とか細い声で返事があるが、到底そうは見えない。サダルメリクはつまらなそうにこちらを見下ろしていた。

「……裏切り者相手に、よくもそんな下手《したて》に出られるな。それが『招聘人』の習性なのか？　慈悲も過ぎれば愚《おろ》かだな」

まるで動物を観察するような物言いに引っかかりながらも、懸は黙ってアルレシャの羽を撫でる。

「わからんのか？　貴様はそいつに拐われたんだぞ」

アルレシャの肩がぎくりと強張る。ただでさえ色白の彼の顔は、蒼白になっていた。

せせら笑うサダルメリクに、アルレシャはなにも言わない。彼はいつもレオの傍に控えていて、レオも彼を信頼している様子だった。城に住んでいる人々も、彼らの睦《むつ》まじさを認識している。リリたちのような子供などは、ふたりが結婚するのではと言っていたほどだ。

ずきりと胸が痛むのは、こんな場面には不釣り合いな小さな嫉妬《しっと》の感情で、懸はそんな場合ではないとそれを押し込める。

「……なにか、事情があるんでしょう？　そう思います」

懸の言葉に、アルレシャが辛そうな顔をする。

胸元を押さえながら、彼は意を決するようにサダルメリクのほうに顔を向けた。

「……アルファーグは、無事ですか」

——アルファーグ？

恐らく個人名と思《おぼ》しき言葉を、アルレシャが口にする。初めて聞く名前だ。

「会わせてください。そういう約束です」

サダルメリクは右目を眇めて首を傾《かし》げた。

「知らんな。亜人のことなど、何故俺が把握《はあく》していなければならん？」

吐き捨てるような科白に、アルレシャは唖然とし、それから身を乗り出した。

「そんな、約束は……！」

取り縋《すが》ろうとしたアルレシャの肩を、サダルメリクは蹴り飛ばした。床に倒れ込んだ彼を、懸は慌てて抱き起こす。この男は、どうしていちいち暴力的なのか。

ち、と忌々《いまいま》しげな舌打ちが頭上から降ってきた。

「いやしい亜人ごときが、俺と『約束』ができる立場だと思ったのか？」

話の流れから察するに、それを取引として——または脅迫の材料として持ち出したのは目の前の男のはずだ。

「亜人は信用ならんからな。約束などできるはずもない。私利私欲のために、小さな頃から何十年も目をかけてくれた人間の君主を、あっさり裏切る獣《けだもの》だ」

嘲笑するサダルメリクの言葉に、アルレシャが息を呑む。

自分こそが約束を反故《ほご》にしたくせに、あからさまにアルレシャの行動を当てこする物言いだ。

小さく震えだした彼を一瞥《いちべつ》し、サダルメリクは懸を見た。無意識に、上体が逃げてしまう。

「それの裏切りは、幾人もの同胞を殺した。こいつの私心によって、何人の亜人が死んだか知っているか、招聘人」

思わずアルレシャを見ると彼は身を震わせ、堪《こら》えるような表情で黙したままでいる。

——まさか。

レオから聞いた、あの城で起こった悲劇の話が蘇る。

籠城戦を強いられ、城の庭園に逃げてきた亜人たちは集められた。そこに、攻撃を仕掛けられて、たくさんの命が一挙に失われたのだと。リリやプロキオンたちの親は、そのときに命を落としたのだと、そう聞いた。

それらは皆、アルレシャの手引きによるものだったというのか。

子供たちや臣下たちの顔が過《よぎ》り、心臓が嫌なふうに早鐘を打つ。いや、と懸は頭を振った。

「あの城では、亜人の孤児を何人も面倒見ているんだろう？　死に損なって、苦しんでいるものたちもいるのか？　何食わぬ顔で領主の隣にいるこいつが、親や子の殺された原因だと知ったら――」

「――やめてください」

懸が、朗々とアルレシャを責めて追い詰めるサダルメリクの口上を遮ったのは、殆ど無意識だった。

「事実は一方のみの話だけではわかりません。……あとは、ご本人から聞きますから」

サダルメリクは右目を眇め「それは俺が嘘を吐いているということか？」と問うてきた。

機嫌を損ねた――そう認識したのとほぼ同時に、サダルメリクは壁にかけられていた燭台《しょくだい》を手に取り、懸たちの後方に向かって思い切り投げつけた。

「――っ」

格子に当たったのか、甲高《かんだか》い音を立てて金属のぶつかる音、そして燭台が跳ね返る音が聞こえた。

まるで幼児の癇癪《かんしゃく》だ。危険な行為に思わず睨《にら》みつけると、サダルメリクは目を細める。

「具合が悪いんじゃなかったのか、招聘人。随分《ずいぶん》元気そうだな。よく口が回る」

「え……？」

「快復したのなら、遠慮《えんりょ》する必要はなかったな」

サダルメリクは、指先で背後の騎士たちになにか指示を出す。

彼らは無言のまま懸のところへやってくると、懸の衣服に手をかけた。

「っ、なに……!? や、やめてください……!」

小さく「ご無礼を」と言いながら、彼らは懸の衣服を全て剝ぎ取っていく。抵抗しようとしたが、戸惑っているうちに屈強な男たち数人がかりで押さえつけられて、あっという間に全裸にされてしまった。茫然自失状態であったアルレシャも同じく服を脱がされている。

仕上げとばかりに木製の手枷《てかせ》を嵌《は》められ、懸はついまじまじとそれを見てしまった。

サダルメリクはこの場に不釣り合いなほど楽しげに笑う。じろじろと懸の体を検分するように眺め、それから意外そうな表情になった。

まるで子供が工作がうまくいったときのような顔で全裸の懸を眺め、「楽しみだ」と声を弾《はず》ませる。

そして、現れたときと同じ唐突さで部屋を出ていった。再び外側から施錠する音が部屋に響き、冷や汗をかく。

——なんなんだ……なんだったんだ?

なにもかもが不可解で、放心状態のままドアを見つめる。

——「楽しみ」って、なにが? 僕は一体なにをされるんだ?

ここで焦《あせ》ったらひどいパニックを起こしてしまいそうで、懸はゆっくりと深呼吸を繰り返した。まずは冷静にならなければと、必死に己《おのれ》に言い聞かせる。

——全裸にしたのは……多分、なにか道具を隠し持っていないか見るためと、逃走防止だろうな。

辱《はずかし》めて精神的に痛めつけるのは、副次的な目的であり、主《しゅ》たる目的はそのふたつだろう。今が寒い季節であれば拷問《ごうもん》のような意味も含まれていたのだろうが、裸でも快適な気候の季節でよかったなと、少しでもポジティブな方向に意識を向けた。

こういうときにマイナス思考に陥ると、本当に絶望的な気分になってしまう。懸は、ぐっと奥歯を嚙み締めた。

――温泉大国日本をナメないでほしい。全裸くらい別にどうってことないね。全裸慣れしてるんだよ、こっちは。

厳密に言えば風呂以外で全裸を晒《さら》すことはないし、公衆の面前で全裸になればお縄になるのだが、そこはそれだ。旅の恥はかき捨てではないが、日本や地球でならともかく、異世界で全裸になったところで「まあ異世界だし」と割り切ってしまえそうな気がする。

少々無理があると思いつつも心の中でそんなふうに開き直っていたら、次第に気持ちが落ち着いてきた。小さく息を吐き、部屋の隅に置かれたベッドからシーツを剝いで、体を包む。

ブランケットはアルレシャに、と思って振り返ると、彼は顔面蒼白で身を震わせていた。寒いわけでは、多分ないだろう。

「アルレシャさん」

びく、と身を竦ませ、アルレシャは涙を零《こぼ》す。そして深々と頭を下げた。

「……申し訳、ありません」

それは、なにに対してのものか。

そんな質問が口をつきそうになったが、ただ懸に対するものとしてだけ、言葉を返した。

「僕は大丈夫です。それより、怪我は」

アルレシャは無言で頭を振る。懸はその頼りない肩にブランケットをかけてやった。

ことの真偽を糺《ただ》すのは躊躇《ためら》われたが、意を決して、懸は口を開く。

「サダルメリクの言ったことですが……」

懸の言葉に、アルレシャが身を強張《こわば》らせる。

「……僕の聞いていた話とは、違います」

アルレシャははっと顔をあげた。

先程はサダルメリクの言葉に一瞬動揺してしまったが、レオから聞いていた話とは違う。

「籠城戦になって間もなく、アルレシャさんから、王様へ助命嘆願をしたほうがいいと説得されたと聞いています。……サダルメリクの目的を、知っていたからでしょう?」

アルレシャのその言葉を聞いて、レオは腰を上げたのだ。

「助けようとしたんでしょう?」

懸の言葉に、アルレシャの瞳が潤《うる》む。彼は弱々しく頭を振った。

「……でも、助けられませんでした。計画は、知っていました。でもその攻撃がいつ仕掛けられるかはわからなかった。だから、できるだけ早く、王に助けを求めたほうがいいと……そうでなければ、あの男を止められないと思って」

だがその道行きで、城を攻撃された。

攻撃されるタイミングを知っていたから、レオだけでも逃がそうとした可能性も考えていたけれど、そうではないらしい。

「間に合わなかった……！」

アルレシャがサダルメリク側に流していたのは、備蓄の量や武器の数、見張りの交替の時間や、レオの外出の予定などだという。

サダルメリクが言ったような、沢山の亜人の命を奪ったことに、直接の関係性はない。だが、間者として間接的に関わったのは事実で、だからアルレシャ自身を無実だとは言わない。そして、サダルメリクの断罪を、真実として受け止めている。

それは懸がいくら違うと否定したところで、罪悪感が消えるものではないのだろう。

「あの……何故、あの男の言いなりに」

レオの乳兄弟《ちきょうだい》で、使用人の筆頭になるほど皆からも信頼されている。とっつきにくい印象があるのに、子供たちにも好かれているような人だ。レオからも、信頼されている。待遇だって、不満はないだろう。それなのに何故、裏切るようなことをしているのか。

水を向けた懸に、アルレシャは唇を噛んだ。そして、辛そうな表情で俯き、躊躇うように口を開く。

「……子供が、いるんです」

ぽつりとつぶやかれた言葉に、懸は目を瞬《しばた》いた。予想外の科白だったので、一瞬頭に入ってこない。

「子供……お子さん？　それは誰の……」

「私の、息子が……アルファーグが、この西方領のどこかにある病院に、入院しているはずなのです」

「む、息子さんが入院？」

色々なことに驚いてしまい、懸は鸚鵡《おうむ》返しに言葉を継いでしまう。

アルファーグはアルレシャの四歳になる息子で、先天的な胸の疾患《しっかん》を持っているのだという。

アルレシャは西方領の病院で息子の治療を施《ほどこ》すことと引き換えに、間者としての役割を担《にな》わされたのだ。

――息子さんがいる、ということはお相手が……？

アルレシャがレオに対して恋愛的な意味で好意を持っているだろうと、当然のように自分も認識していたことに気がついた。

明確に嫉妬というのも相応《ふさわ》しくないほどの、淡いものではあったが、レオとアルレシャは結婚するのだと周囲から思われるほど睦まじい関係性である、ということに、懸はいつも寂寥《せきりょう》にも似た嫉妬心を僅《わず》かながら抱いていた。

はっとして、そんな場合ではないと質問を重ねる。

「でも、どうしてですか。どうして西方領に？」

レオに相談すれば、きっと助けてくれたはずだ。わざわざ一番敵対している西方領になど来なくとも、病院を探して——そう言いかけて、レオの領地である北方領には人間が殆どいないと聞いていたことを思い出す。

恐らく、「医師」などの職業に就く、就ける亜人はいない。アルレシャの子ということは恐らく亜人であり、きっと病院で診《み》てもらうこと自体が亜人たちにとっては難しい。だがそれだけでなく、そもそも北方領には医師が少ないのだろう。

アルレシャは言いにくそうに口を噤んだままだ。

——貴族には侍医がついているかもしれないけど……。

各国の事情の仔細《しさい》はわからないが、専門医がもし西方領にいるのだとしたら敵地であっても治療を願いたくなるのが親心というものだろう。

どうしてレオから信頼の置かれている側近であるはずのアルレシャが、裏切るような真似をしたのか合点がいった。

「……お子さんの様子は、いかがですか。元気にしてるんですか」

唇を噛んで俯くアルレシャに、ただそれだけを問う。せめてそうであればいいと思って訊いたが、アルレシャは力なく頭を振った。

「もう、二年会わせてもらえていません」

「えっ、だってそんな」

それでは、生死も判然としないではないか。

そんなことは懸に指摘されるまでもなく、わかっていることだろう。

だが、子供を人質にとられた状態である以上、アルレシャには愛息の行方を知るサダルメリクの言いなりになる以外に方法はないのだ。君主を裏切ったのもそのためだというのに、サダルメリクは「知らない」などと嘯《うそぶ》き、約束を反故にした。遣る瀬ない怒りが湧いてくる。

ごめんなさい、とアルレシャは涙を零した。

「……ごめんなさい……。懸様には、どうお詫《わ》びしても足りません」

「だ、大丈夫です。僕はなんともありませんから」

励《はげ》ますように笑顔で言って、その背中を擦《さす》る。

「必ずこの城からも逃げていただきます。あの子の、アルファーグの無事が確認出来たら、命をもって償《つぐな》います。……多分、すぐにそうなると思いますし。ですから、今暫《しばら》く辛抱《しんぼう》を――」

「――そういうことは、言っちゃ駄目」

自分でも驚くくらいに鋭い声で、アルレシャの謝罪を遮る。彼も驚いたようで、潤《うる》んだ目を瞬いた。

「命をもって償うとか、そういうことを言っては駄目です。一緒に、生きて逃げましょう」

「っ、だから、そんなのは無理なんです！」

「僕が逃げたら、あなたの命が危ういとわかっている状況で逃げられるはずないでしょう？　見損なわないでください」

懸の言葉にアルレシャがもどかしげな顔をする。反論をされる前に、懸は畳《たた》み掛《か》ける。

「それに、あなたが亡くなったあとに、あの男がお子さんの治療を継続してくれると思いますか？」

アルレシャが言葉に詰まる。実際、今でさえ約束が果たされているかどうかも怪しいのだ。不透明なままのものを信じるのはきっと辛い。揺らぎやすいところをついている自覚はあったが、それでも懸は言葉を重ねた。

「……それに、あなたに裏切られたと誤解したままじゃ、レオ様が可哀想《かわいそう》です」

「っ、誤解なんかじゃ、ありませんから」

「事情を説明してください、あなたの口から。そうしてわからない人ではないでしょう？」

大丈夫。そういう意図を込めて赤ん坊にするように背中をぽんぽんと叩くと、アルレシャは声もなく泣いた。自分の弟妹たちが泣いたときのように、そっと抱きしめる。

暫く鼻を啜《すす》っていたアルレシャがそろそろ落ち着いただろうか、と思ったそのとき、突如外が騒がしくなった。

一体なんだろうと身構えていると、また唐突にドアが開く。再び顔を見せたサダルメリクは、まるでヒーローショーを見る子供のように喜色満面だった。

「――やつが来たぞ！」

そう言って、サダルメリクは目を輝かせながら懸に歩み寄ると、乱暴に腕を引いた。

「痛……っ」

引きずるようにしながら懸を窓辺にむりやり連れていく。

「見ろ！」

「っ……」

髪を引っ張られて、窓の外を見せられる。城の前の街道から馬車が向かってくるのが遠目に確認できた。

あれがなんなのか、と怪訝《けげん》に思い、はっとする。

――まさか、レオ様？

すぐに浮かんだその考えを消す。敵地にやってくるのだから、まずは遣いを出すはずだ。だがサダルメリクは弾んだ声でその考えを否定する。

「――馬鹿なやつだ。のこのこと」

そう言うなり、サダルメリクは摑んだままだった懸の腕を振り回すようにして、従えていた騎士たちに押し付けた。

失礼いたします、と一応の礼を取った騎士に抱き上げられる。困惑していると、閉じ込められていた部屋を出て数時間ぶりに玉座のある大広間へと連れて行かれた。

――……一体、どういう状況なんだろう。

サダルメリクがなにをしたいのか読めない。アルレシャとも引き離され、呆然としている間に首輪を嵌《は》められ、玉座の肘掛けに繋《つな》がれた。

裸に手枷に首輪、という姿はまるで家畜か奴隷《どれい》かといった風情《ふぜい》だが、羞恥《しゅうち》や怒りよりも先に、異世界だなあ、という感想が先に立ってしまった。人権無視も極まりないが一応現実に自身に降り掛かっていることなのに現実味がなくて、かえって危機感が薄まってしまうのはよくない傾向だと他人事《ひとごと》のように分析した。

繋がれた紐《ひも》は革製だったので、頑張れば千切れそうだなと思いつつ、ちらりと視線を上げる。反対側には同じように繋がれたハクトウワシに似たあの魔獣がいて、つまりこれは「懸を隷属させた」というパフォーマンスなのだなと理解した。

――僕の所在は継承権にはかかわらないって決まっていると聞いたけど……。

それを知っているレオが、懸の姿を見て継承権が脅《おびや》かされたと動揺するとは思えない。サダルメリクは自分がそうと信じ込んだら、周囲の声が耳に入らないタイプなのだろう。そういう生徒は、素行《そこう》にかかわらずいたなあと、気を逸《そ》らす。

傍らのハクトウワシの魔獣は特に命令されていないからか懸に興味はなさそうだが、巨大な肉食獣が至近距離にいるというのは本能的な恐怖が勝り、無理にでも冷静にならないと頭がおかしくなりそうだ。

——こういうのも正常性バイアスっていうのかな。……駄目だ、頭が回らなくなってきてる気がする。

広い玉座の間の床は淡い緑色に染めてあって、やはり運動場を想起させるので、部活のことも思い出してしまった。そういえばそろそろ新人戦に向けて練習が始まるところだった。

生徒たちはどうしているだろうか、と考えていたら、サダルメリクが意気揚々《ようよう》、といった様子で現れ玉座に腰を下ろした。

まるで鼻歌でも歌い出しそうな男は、座り込んだままの懸を見下ろしてにやりと笑う。

「あれは期待外れだったが、お前は役割を果たせそうだな」

——なんの話だ？

あれ、役割、というのはなにを指しているのか。だが訊ねることが出来る雰囲気でもなく、懸は口を噤む。ふ、と鼻で笑い、サダルメリクは前方を向いた。

やがて重い扉が開き、そこに姿を見せた相手に懸は息を呑む。

——レオ様……!!

半ば予想はしていたが、現れたのは派遣された遣いなどではなく、領主であるレオ本人だった。

彼の家臣に「人間」は極端に少ない。恐らく西方領では亜人では遣いの役割を果たすことができなかった、或いはサダルメリクの指名なのか、レオ自身が出向くしかなかったのだろう。

——敵地なのに……領主様がこんなところに来たら、駄目なのに。

レオの傍には魔獣である大型の鳥が控えているが、護衛などはいない。殆ど単身で乗り込んできてくれた彼を心配する一方で、助けにきてくれたことに安堵《あんど》してしまう。

「どうした、兄弟。そんなに怖い顔をして」

「……っ」

乱暴に引っ張られた首輪が懸の喉に食い込む。その拍子に、肩にかけていただけのシーツがはだけた。

喉を押さえて、たまらずに咳《せ》き込《こ》む。はっと顔を上げると、レオと目が合った。

彼の顔に憤りが浮かぶ。

「サダルメリク、貴様どういうつもりだ、このような振る舞い……正気か?」

低く唸《うな》るような声を出したレオに、サダルメリクは喉を鳴らして笑う。

「怒るなよ、兄弟。色々と話し合おうと思っていたのに、お前がそんな様子じゃ、話もできない」

その言葉に、レオはすうっと無表情になった。

「話し合うことなどない。懸を返してもらおうか」

冷静なレオの言葉に、サダルメリクは急にイライラし始めた。貧乏ゆすりをしながら、舌打ちをする。

「そんなにこの招聘人が大事か？　まあ、それはそうだよな。こいつのおかげでお前は王になれるんだから、手放したくないよなぁ」

冷静さを装っているつもりの口調には、滑稽《こっけい》なほどに苛立ちが滲《にじ》んでいた。

「なにに対しても興味がなさそうだったくせに、こいつがそんなに大事なのか？　俺が騙《だま》して父上に叱《しか》られたときも、お前の大事な犬を殺したときも、亜人どもを殺したときも、お前はいつもどうでもいいような顔をして、俺を馬鹿にしていただろうが！」

捲《まく》し立《た》てるサダルメリクに、レオは怪訝《けげん》な顔をした。

どうでもいいような顔をしていた、というが、レオはそういうことに無感情になれる人物ではない。ただ、一緒に過ごしてみてわかったが、本人の気持ちが顔には出にくいようではあった。

諦観《ていかん》、ないし傷ついていたからこそ、表情に出さなかったのだろう。今も怒鳴り散らすサダルメリクに戸惑った様子だが、表情に顕著《けんちょ》に表れているかというとそうでもない。

それに、恐らくレオがサダルメリクを馬鹿にしたという事実もないに違いなかった。

きっと、レオはそこまで彼に興味がない。そして、サダルメリクはそれが許せないのだ。

だが、そんな身勝手な男の機微を、レオは理解できないだろう。

「……なんの話をしているのかわからない」

困惑するレオの声に、サダルメリクが失望し、そして憤慨《ふんがい》したのが伝わってくる。

懸の弟たちのように、素直に「お兄ちゃんこっちを見て」と言えばいいだけの話だったのだ。

だが、もう関係の修復できる段階はとうに過ぎている。

「お前は、なにがしたいんだ。王になりたいというのなら、正式な手続きを踏めばいい。無闇《むやみ》に他者を甚振《いたぶ》るような真似はやめろ」

傍《はた》から見ている懸にも察せられるサダルメリクの行動の所以《ゆえん》が理解できないレオは、そんな言葉を重ねる。

「……じゃあ、こいつを返す代わりに王の座を渡せよ」

「――駄目！」

レオが反応する前に、反射的に言い消してしまった。

人質からの大声での否定に、レオもサダルメリクも驚きの表情になる。自分でも少々驚いたが、もう一度「それはいけません」と重ねた。

テロリストの要求は一切飲まない、というのはテロ対策における基本だ。サダルメリクをそこに当てはめるのもどうかと思うが、こういう交渉事《こうしょうごと》において相手の求めに諾々《だくだく》と応じることは、行為のエスカレートを助長する。

――なにより、レオ様は「王になる」と決めたんだから。

悩んで迷う彼の背中を押すもののひとつとなったのは、懸自身でもある。

――それなのに、僕のせいで、彼の気持ちを煩《わずら》わせては駄目だ。

迷う必要などないと、交渉材料である自分が声高に主張せねばならない。だからと言って見捨てられるようなものでもないのかもしれないが。

僕は大丈夫です。そう目で訴えると、レオは耐えるように歯噛みした。とりあえず、この場はサダルメリクの交渉に乗らないことを選んでくれたらしい。

ほっと息を吐いたのと同時に、サダルメリクの左手に頬を打たれた。

「――っ……」

床に肩から倒れ込む。不意打ちだったため歯を食いしばれず、口の中に血の味が広がった。手枷のせいでうまく受け身がとれなかったが、ある程度手加減はしてくれたのか、思ったよりは痛くない。

だが、肘掛けに紐で繋がれていた首輪を引っ張られ、今度は盛大に咳き込んでしまう。

「サダルメリク、貴様……！」

飛び出そうとしたレオを、控えていた騎士たちが数人がかりで押さえ込んだ。サダルメリクは愉快そうに喉を鳴らし、再び紐を乱暴に引っ張る。

「誰が発言を許可した？　口を慎《つつし》めよ、招聘人」

笑顔だが、サダルメリクの苛立ちは伝わってくる。生殺与奪《せいさつよだつ》の権利をアピールされているよ

奥田枠
獣の王と狼面の番
巻頭カラー♥
偽《いつわ》りの番《つがい》・リカナを脱ぎ捨て、
ゼンのそばをはなれたシーアだが……!?
akabeko
大麦こあら
かさいちあき
左京亜也
志水ゆき
須坂紫那
琢磨
露久ふみ
灰田ナナコ
春田
松本 花
南月ゆう
同棲に向け、心配ごとのつきない湊《みなと》、
でも静真《しずま》がいてくれれば大丈…夫?
セラピーゲーム リスタート
日ノ原 巡
表紙で登場♥
カラーつき新連載♥
不器用で愛しい、龍×歩夢の恋♥
「ハッコイノオト」スピンオフ
あめきり
「レンアイサイド」
リレーエッセイ「モエパラ☆」依子
カラーつき「旅BL」読み切り♥
並榎 雫
「モトカレオタク(仮)」
2号連続特集企画♥ 第1弾のテーマは…
「旅BL」特集
特集カラーイラスト 初登場! ウノハナ/那木 渡
特集コミック&ショート 青山十三/白崎ナベ 瀬戸うみこ/立野真琴
ほか、アンケート集計結果大発表など企画満載♥(カット:猫野まりこ)
Dear+ ディアプラス 11 2022
恋愛至上主義★ボーイズラブマガジン!!
10.14 [Fri] ON SALE
毎月14日発売/予価814円(本体740円+税)
表紙イラスト:日ノ原 巡
※予告は一部変更になることがあります。
希望者はもれなくもらえる♥全プレペーパー
DEAR+ Paper Collection : 白崎ナベ
SHINSHOKAN https://www.shinshokan.com/comic/
ディアプラス シェリプラス編集部 Twitterアカウント
@dear_plus

ディアプラス・コミックス10月の新刊　大好評発売中

大増ページ特大号！！
表紙で登場☆超人気連載!!
キヅナツキ
ギヴン
巻頭カラー☆新連載!!
猫野まりこ
貴族は天使の蜜を乞う
カラーつき☆大反響連載!!
ユキムラ×一穂ミチ
イエスかノーか半分か
スペシャルピンナップ2022第5弾!
キ。
イドル
カラーつき☆新連載!!
※イラストは仮のものです
鳴坂リン
本誌初登場☆
斉川冬
ガーメント！
カラーつき☆新連載!!
ollection：七瀬
リプラス
ri+
極上の愛に酔うBLマガジン
N SALE
奇数月30日発売
2022 11
あずみつな／アマミヤ／あらた六花／石原 理
えむえむお／サノアサヒ／千代崎／露久ふみ
鶴亀まよ／夏目イサク／七瀬／なりた晴ノ
ひつじま羊／山田ノノノ
ショートコミック 氷室 雫／堀江蟹子
コラム すず屋。
ドラマCD「手を伸ばしたら、つばさ」アフレコレポート…山田ノノノ
イラストリレーエッセイ「萌えモノ語り」：鳩屋タマ
特別定価 847円（本体770円+税）※一部変更になる場合があります。
@hakkaplus
小説ディアプラス編集部Twitterアカウント
@n_dearplus

ドラマティック＆♥な、ボーイズ・ラヴ・ノヴェル!!
COVER ILLUSTRATION：小山田あみ
小説ディアプラス
Dear+ アキ
2022 AUTUMN
特別定価：968円（本体880円+税）
3、6、9、12月の20日発売
第64回 小説ディアプラス・ペーパーコレクション
切江真琴
NOW ON SALE!
秋の大増ページ特大号!!
久我有加×千野ち
海野 幸×羽純ハナ
小林典雅×須坂紫那
モノクローム・ロマンス
ベッカ・シーモア×Dite
カラーつき♥幼なじみ♥本誌初登場♥
切江真琴×橋本あおい
弟分の友也《ともや》に"ムラムラする"と気づいた悠紀は、
彼と距離を置こうとするけれど……？
年に一度の特集号！
今年のテーマは……
幼なじみ
（カット：松本 花）
☆豪華作家陣による
アンケート回答結果大発表
☆テーマエッセイ：高尾理一
☆おすすめ作品紹介
などなど、企画もりだくさん♥
♥巻頭カラー♥幼なじみ
月村 奎×木下けい子
恋愛小説ユニットを組む夏生と洸史郎《こうしろう》。
夏生には洸史郎だけが全てだったけれど……？
大木えりか×山田睦月
コミック
麻生 海（原作：月村 奎）
松本 花
林らいす
菅野 彰×麻々原絵里依
砂原糖子×街子マドカ
ショートストーリー
木原音瀬×カズアキ
BL小説大賞トップ賞作品
佳澄×
♥カラーつき♥後編
栗城 偲×篁ふみ
パラレルワールドに転生して
Subとなった幹人は、
同僚の梁川と便宜的に
パートナー関係を結ぶが……？
ちょっぴりオトナな電子書籍新レーベル Hakka+（ハッカプラス）
毎月第1金曜日、電子書店で配信中!!
「濡れ肌にキス」
よも灯
「キスとスキのあいだ」
薄井いろは
コミックシーモアにて10/7～第1話先行配信!
「眠れぬ美男とたわわな獣」
杜鳴ひなき
「泉くんのサディスティックは終わっている」
藤峰 式
梅本ガチコ
えむえむお
奥田 枠
志水ゆき
高野 弓
千野 ち
Dite
長与エリ子
夏目イサク
貫井ゆな
猫野まりこ
半割
ふさすぐリ
ミキライカ
水谷 侔

ディアプラス・コミックス11月の新刊

11月1日発売

スカーレット・ベリ子先生「保坂さんと三好くん」
コミックス発売を記念してアニメイトカフェGratte開催決定!

【開催期間】
2022年11月1日(火)〜12月11日(日)

【開催店舗】
アニメイト渋谷・吉祥寺パルコ・
横浜ビブレ・仙台・大阪日本橋・岡山

【コラボフード&グッズ】
①アイシングクッキー(全13種)　495円(税込)
②グラッテ(全13種)　550円(税込)
③有償特典アクリルコースター(全13種)　500円(税込)
④アクリルスタンド(全1種)　1650円(税込)
⑤缶バッジ(全13種)　400円(税込)
⑥コロッタ(トレーディングアクリルプレートキーホルダー)(全6種)　800円(税込)
⑦ぱしゃって(SNS風クリアカード)(全12種)　500円(税込)

※アイシングクッキーとグラッテの
テイクアウトには8%の軽減税率が適用されます。

「ディアプラス25周年記念展」「コラボカフェ」開催&開催!

TOKYO

会期:2022年10月29日(土)
〜2022年12月25日(日)
前期:10月29日(土)〜11月27日(日)
後期:11月30日(水)〜12月25日(日)
・前期と後期で展示内容が変わります。
・11月28日(月)と29日(火)は展示入れ替えのため入場不可。
会場:タワーレコード渋谷店8F
SpaceHACHIKAI
営業時間　12:00〜21:00(最終入場20:30)

OSAKA

会期:2023年1月14日(土)
〜2023年2月26日
会場:タワーレコード
あべのHoop
SpaceAB
営業時間　12:0
※東京会場とは一部展示

入場料　前売:¥1,000(税込)／当日:¥1,200(税込
※前売チケットは、東京・大阪共に10月16日(日)正午より販売開始予定です
※チケットのご購入には、タワーレコード店舗&オンライン共通メンバーシップ
コードメンバーズ」と「チケットぴあ」への無料会員登録が必要となり
ジにはタワーレコードメンバーズのマイページよりアクセスいただけ

入場特典　描き下ろし両面漫画ペーパー
前期:左京亜也／須坂紫那
後期:志水ゆき／金井 桂
※大阪会場では、
どちらかのペーパー

詳細はこちら▼

タワーレコード渋谷店
「ディアプラス25周年記念展」情報ページ

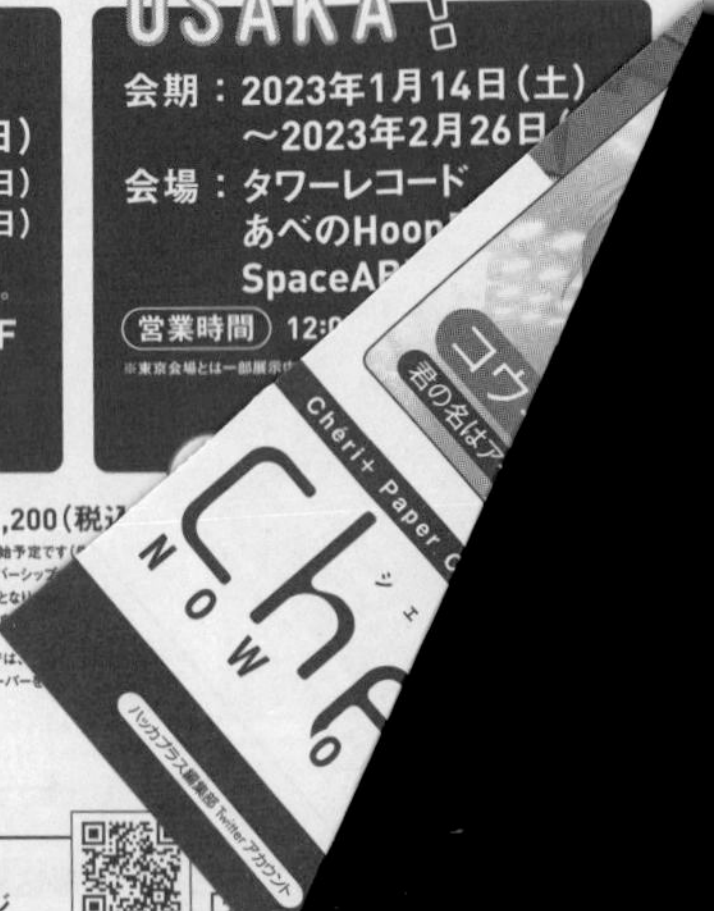

うで、ぞっとした。

そして犬のリードのように懸の首輪に繋がった紐を持ったまま、サダルメリクが立ち上がり、玉座を降りる。乱暴に引っ張られ、懸は慌ててあとを追いかけた。

先程は異世界を言い訳になんとか自分を誤魔化せたが、裸のまま衆目の前を歩くのは流石《さすが》に屈辱的《くつじょくてき》な気分になる。なにより、レオの前でそんな姿を晒すことに、羞恥を覚えてしょうがない。

すれ違ったレオは顔を白くし、唇を噛んでこちらを見つめていた。

――僕は大丈夫ですから。

唇の動きだけでそう伝えると、レオはなにかを飲み込むような表情になった。

そのまま玉座の間を出ると、再びあの「客間」へと戻される。ついてきた数名の騎士を廊下に残して、サダルメリクはドアをしめた。客間に、アルレシャの姿はない。

「……見たか、あの顔を」

サダルメリクは嬉々とした様子でそう呟いた。こちらに話しかけたわけではないらしく、ひとりで悦に入《い》っている。

「期待した以上だったな！」

高笑いをして、サダルメリクが振り返った。無意識に後ずさった懸は、背後のドアに軽く背を打つ。

サダルメリクはゆっくりとこちらに近づきながら、唇を歪めた。

「あいつは、昔からなにをしても怒らなかった。いつも無表情で、馬鹿にしたように俺を見ていた。大事なものを壊しても、声を荒らげることもない」

サダルメリクは滔々《とうとう》と、レオとの思い出を語り始める。

レオはとにかくなんでもこなす子供だったようだ。だから年の近いサダルメリクは、同じ王子という立場としてどうしても彼を意識せざるを得なかった。勉学でも魔法でも、どんなことでも負ければ死ぬほど悔しい。だが勝っても、レオは同じように悔しがってはくれない。それがサダルメリクの自尊心をいたく傷つけた。——総合するとそういう話だ。

レオが馬鹿にしたように誰かを見るだなんて、やっぱり想像がつかない。それは恐らく、サダルメリクの劣等感による被害妄想《もうそう》なのだろう。

——……可愛《かわい》さ余って憎《にく》さ百倍、というか。アンチの人が、生半可なファンよりもよっぽど詳《くわ》しいみたいな感じのことかな……。

本人が明確に自覚しているかは知れないが、同じだけの熱量で返して欲しいと、そういう願望があるのだろう。

領土と領土との問題になっており、多くの犠牲まで出した話になってしまっているのでそんな可愛らしい問題ではないが、根底にあるのは恐らくそういうことなのだろうと遅ればせながら理解した。

「それなのにあいつは……、人間の領民をないがしろにし、亜人どもを集めてそれで満足している。亜人の王などと呼ばれるような立場に甘んじ、俺を失望させた」

とにかく、レオに対してひどい執着心を抱《いだ》いているのはわかっていたが、子供の頃から拗《こじ》らせている様子だ。

――きっと、素直に話しかければよかっただけのことだろうに。

懸の弟妹のように、お兄ちゃん遊んで、と追いかけることが出来ればよかったのだ。そうすればきっと、レオはサダルメリクを兄弟らしく扱ったに違いない。

なにをしても噛みつかれれば、捉えようによってはいじめられているのと同様になってしまう。

レオの無気力さにも似た諦観は、幼いころから続くいじめのようなサダルメリクの態度にも端を発しているのだろうか。他にも理由があるのかもしれないが。

「――だが、お前は今までのものとは違うようだ」

「っ、……！」

再び紐を引っ張られ、よろける。サダルメリクに二の腕を摑まれて、ベッドに突き飛ばされた。倒れ込んだ懸の上に、サダルメリクがのしかかってくる。

「なに、を」

顎《あご》を捕まれ、強引に上向かされた。レオと同じくらい整っている顔が、歪む。笑っているのだが、それはどこか異様な雰囲気を感じさせた。

「あいつのあんな顔は、見たことがない。焦り、怒り、不安そうにお前を見ていた」

「それは、呼び出された僕に対して彼は責任を感じているから……」

「責任感だけで、あいつはあんなふうに顔色を変えたりはしない。いや、変えたとして、取り乱したりはしない」

サダルメリクの指が、頸動脈《けいどうみゃく》のあたりを圧迫してくる。

「……招聘人への責任や、お前が魔法も使えぬただの人間だから心配しているというだけではないということだ」

恐らく誰よりもレオを注視しているサダルメリクの言葉には、妙な説得力があった。

身の危険を感じなくてはいけない場面だというのに、それほど自分がレオの心を動かしているのだと保証された気がして、どこか安堵している己に気がつく。

自分たちは召喚者と招聘された人間であり、それ以上でもそれ以下でもない。そう思うことをどこか空虚に感じていた。互いの気持ちを、行動を、その理由を訊いて良いものかわからずにいたのだ。

サダルメリクは唇の端を上げ、勝ち誇《ほこ》ったような顔をした。

「そんなこともわかっていない相手に右往左往して、あいつは無様だな」

先程までより強く首を摑まれて、思わず顔を顰める。舐《な》めるような視線で懸を見下ろし、サダルメリクは目を細めた。

「……お前を犯して殺したら、あいつはもっと狼狽《ろうばい》すると思うか?」

「な……っ」

物騒な科白を口にされ、咄嗟にその胸を押し返す。

だがサダルメリクの体はびくともしない。咎めるように、首の皮膚《ひふ》に爪を立てられた。

「どちらのほうが、あいつが傷つくと思う? あいつの目の前でお前を陵辱《りょうじょく》するほうか? それとも、慰《なぐさ》みものにされ嬲《なぶ》り殺されたお前の遺骸《いがい》を晒してみせるほうか?」

頬を上気させ、興奮したように喋るそれは、懸への問いかけというわけではやはりないのだろう。ひどく楽しげに残虐《ざんぎゃく》な計画を練る男にぞっとする。

「そんな、こと……っ」

首を圧迫されながらも、どうにか声を絞《しぼ》り出《だ》す。

サダルメリクは至近距離に顔を近づけ、どこか恍惚《こうこつ》とした表情で、嗤《わら》った。

「——そうすれば、一生、あの男は俺を許さないだろう?」

懸の死に様が無残であればあるほど、レオの記憶に己《おのれ》の存在が刻まれる。

到底理解できない執着心を顕《あらわ》にする男に、唖然とした。無関心より、憎まれたほうがよほど満たされるということなのか。

不意に、サダルメリクは懸の首の付け根に思い切り噛み付いてくる。

「痛……っ！」

ぐっと歯が皮膚に食い込む嫌な感触がして、噛まれた部分から激痛が走った。急所近くを痛めつけられる恐怖に、本能的に体が竦む。

「う……っ、ぐ」

「……邪魔だな」

舌打ちまじりに言うなり、木製の手枷が燃えた。恐らくサダルメリクの魔法なのだろう、炎が体に燃え移る前に手枷は一瞬にして消し炭になり、外される。

それは、やろうと思えば一瞬で火炙《ひあぶ》りにすることも出来る、という威嚇《いかく》でもあるのかもしれない。

息を呑んだ懸にサダルメリクは蛇のような目で楽しげに笑い、今度は鎖骨《さこつ》の上に噛み付いた。

「あ……っ」

先程同様に加減を知らない咬合《こうごう》に、薄い皮膚を食い破られるのでは、骨を噛み砕《くだ》かれるのではと恐ろしく、体が動かない。震える懸から身を離し、サダルメリクは血のついた口元を拭《ぬぐ》った。

「お前自身はどうだ？」

「……っ、？」

「お前は、男に陵辱されたら、あの男に顔向けできるか？」

そのとき、自分がどういう表情を作ったかは懸にはわからない。だが、サダルメリクの目に獰猛《どうもう》な光が宿る。

「あの鳥の亜人は期待はずれだったが、お前は楽しませてくれそうか」

鳥の亜人というのはアルレシャのことだろうか。

「……アルレシャさんに、なにを」

サダルメリクは、サイドボードの上に置いてあった瓶《びん》を取り、中身を懸の下肢《かし》にぶちまけた。

反射的に身構えたが、劇薬や硫酸《りゅうさん》などの類《たぐい》ではない。お香のような香りの、常温の油のようなものだ。とりあえず胸を撫で下ろしたが、これがなにかはわからない。

「あの亜人は君主のためならなんでもするが、それだけじゃなく、あいつのことを憎からず思っていただろうな」

だから数年前、西方領に遣いでやってきていたアルレシャを拉致《らち》して下臣とともに性的暴行を加えたのだ、とサダルメリクが暴露《ばくろ》とともに下卑《げび》た笑いを浮かべた。

予想もしていなかった衝撃的な話に、懸は思わず息を呑む。

サダルメリクは「アルレシャに泣きつかれたレオが、所有物を傷つけられてショックを受ける」という流れを期待していたが、アルレシャは己の受けた暴行に対し、口を閉ざした。

思う通りにいかなかったサダルメリクがすぐにアルレシャに興味をなくした一方で、卑劣な暴行は続いたという。レオに報告をしていないため、アルレシャの西方領への仕事が免除されることはなく、断ることもできない。

「だがあの亜人は、他領で慰《なぐさ》み者となっても平気であいつの前に立っていたし、そのうち子供が出来たら、君主ではなく子供が一番になったようだ。見込み違いだった」

「は……？」

「所詮《しょせん》、獣と人間の雑種だ。知性も理性も忠義もなく、移り気で、信用ならん」

この男の言っている意味がわからないのは、自分の理解力の問題だろうか。

「俺がわざわざ犯してやったのに無駄足になった」

ち、と忌々しげにサダルメリクは舌打ちをする。

「あいつもあいつで、自分の持ちものに傷がついたことに気づきもしない。所詮亜人だとあいつも馬鹿にしているんだろう、それほど大事でもなかったってわけだ。騙された」

なんて言い草だ。まるで自分が被害者であるとばかりに語る男に、言いようのない不快感と怒りを覚える。

「まあ、亜人にしては見目も悪くないし、具合も――」

「――そんなの、平気なふりをするに決まってるじゃないか！」

耐えきれず、下劣な言葉を遮る。

実際にアルレシャがレオに対して恋愛感情を持っていたかどうかは懸にはわからない。だけど、もし恋している相手だったら――そうでなくても、大事な君主で乳兄弟であるレオを心配させたくないから、平気そうに振る舞っていたのに違いない。

「大事な人に心配をかけたくないから、平気なふりをするんだ！」

「ほう？」

緩《ゆる》み始《はじ》めていた手に、再び強く力が込められる。

「……じゃあお前もそうするのか？」

「っ……！」

「結果が伴《ともな》わない可能性があるのがわかった以上、俺が直接手を出してやるのは効率が悪い。あとで相手を呼んでやる。人間、魔獣、獣、選び放題だ、よかったな」

反射的に怯《おび》えが表情に出てしまったのか、サダルメリクはいたく満足げだ。

だが悠長に男の心理を分析している場合ではない。

このまま犯されるだなんて、受け入れられる話ではないし、なにより先程から首を絞める力が徐々に強くなってきている。

——っく、そ……っ。

サダルメリクの手首を摑み、抵抗してみるが、伸《の》し掛《か》かられていて解くのが難しい。足をばたつかせてみたものの、苛立ったように動脈を圧迫される。

「——ぅ……っ」

呼吸もままならず、意識が遠のきかけた。鈍《にぶ》り始《はじ》めた聴覚に、言い争うような声が聞こえてくる。頸部《けいぶ》を圧迫する指がぴくりと動いた。

「――懸！」

それと同時に、ドアが開く。どうにか視線を向けると、息を切らしたレオが立っていた。彼を引き留めようとした騎士たちを引きずるようにしてやってきたのか、首を羽交い締めにされ、両腕には騎士がしがみついている。更にその後ろには、騎士を引き剝がそうとしているアルレシャがいた。

ふたりとも無事だったようだ。薄れかけた意識の中で、胸を撫で下ろす。

不意に、レオの視線が懸を捉えて、彼は表情を強張らせた。

「よくこの場所がわかったな」

レオは返事をせず、右腕にしがみついていた――のではなく、レオに首を摑まれていた騎士を床に放った。彼はすでに失神していたようで、床から身を起こさない。

サダルメリクがそれを一瞥《いちべつ》し、ふっと笑う。

「なるほど、そいつを人質にこの場を吐かせたか。乱暴な男だな」

どの口が、と反論したかったが声が出ない。はくはくと口を動かしながらレオを見つめる。

助けにきてくれた。まだ窮《きゅう》した状況ではあるけれど、安堵で涙が零れる。レオは頰を強張らせ、息を吞んだ。

レオの表情が今まで見たこともない憤怒《ふんぬ》の表情へと変わる。その瞬間、サダルメリクが頰を紅潮させて破顔したのを懸は見た。

「——懸を放せ」

怒鳴っているわけではないが、はっきりとした声が部屋に響く。

「遅かったんじゃないのか？」

「……なんだと……？」

「こんな状況で、まだ招聘人が無事だと思っているのか？」

不意に首を押さえていた手が離され、一気に肺に入ってきた酸素に懸は咳き込む。

——やばい、力が……入らない……。

失神こそしていなかったものの、ずっと首を絞められて全身に力が入っていたせいで、ごっそりと体力を奪われ身動《みじろ》ぎできない。彼らの会話も、うまく頭に入ってこなかった。

「こんな汚れたものでも、まだ欲しいか？　レオ」

サダルメリクは懸の身を抱き起こし、脚を無理やり開かせた。香油にまみれた裸の下肢《かし》を顕《あらわ》にされたが抵抗することもできず、懸はぐったりしたままレオのほうを見る。

再び視線が交わる。その瞬間、ざわ、とレオの毛が逆立った。

——……レオ様……？

比喩《ひゆ》ではない。彼の髪が逆立《さかだ》ち、体が震えはじめる。

彼の腕を押さえていた騎士たちが、驚いたように距離を取った。

呻き声とともに、彼の体がまるでボールに空気を入れるように徐々に大きくなっていく。レオの整った顔貌《がんぼう》が、軋《きし》むような音を立てて崩れていた。

その様子に、サダルメリクも流石に怪訝《けげん》な様子になる。

「おい……？」

獣のような呼吸音が聞こえる。ぐう、という唸り声とともに、レオの体が一気に倍以上の大きさに膨《ふく》れ上《あ》がった。

身につけていた白いシャツが、破れ裂ける音がする。聞こえた悲鳴は、誰のものかはわからない。

肥大化した彼の体は、その髪と同じ鋼色《はがねいろ》の毛に覆《おお》われていた。背を丸めても、体は膨らみ続ける。

ばっ、とジャンプ傘《がさ》が開くときと似た音とともに、黒色の双翼《そうよく》が跳ね上がるように勢いよく天井《てんじょう》まで伸びた。その風圧で、花瓶や燭台が床に落ちて音を立てる。

――……なに……？

レオの体は、いまや部屋を半分埋め尽くすほどの大きさになり、ドアは完全に見えなくなっている。背後にいた騎士や、アルレシャの姿ももう見えない。

見慣れたレオの姿もない。代わりに、子供の頃に動物園で見た象とおなじくらいの大きさの巨大な黒色の獅子がいた。

艶《つや》やかな黒い毛と金色の目はレオと同じで、懸はただ呆然と、その獅子を見つめた。

「ば、化け物……！」

サダルメリクに突き飛ばされて、懸はベッドから転がり落ちた。

黒色の獅子が、前脚を一歩踏み出す。だが、躊躇《ちゅうちょ》するようにすぐ引いてしまった。

肩を打ち、ぼんやりとしていた意識がその痛みで少しはっきりする。

「近寄るな、この化け物が！　……なるほどそういうことか、亜人を集めていた理由はその醜《みにく》い本性のせいだったのだな！」

喚《わめ》くサダルメリクの声がやけに遠く聞こえた。

懸はまだはっきりとしない頭を抱《かか》えて痛む体をどうにか起こし、獅子を見上げる。

サダルメリクのハクトウワシよりも更に大きく、肉食獣に相応の獰猛な雰囲気を持つ黒い有《ゆう》翼《よく》の獅子を、不思議と怖いとは思わなかった。

金色の瞳が懸を見下ろし、辛そうに歪む。

「……レオ、様？」

確かめるように名前を呼んだ瞬間、黒い獅子が――レオが咆哮《ほうこう》を上げた。

鼓膜が破れるかと思うほど大きな声が、まるで地震でも起こったときのように天井や壁を揺らし、地に響く。窓にはられていた薄いガラスが、音を立てて割れた。サダルメリクが悲鳴を上げる。

けれど、レオの鳴き声は威嚇《いかく》をしているようではなく、まるで泣いているように悲しげに懸には聞こえる。

――どうして。

なにがそんなに悲しいのか。

どうしてそんなふうに泣くのか。

泣き叫ぶようにレオは声を上げ、身悶《みもだ》える。撓《しな》る尾や羽が調度品を破壊し、まるで嗚咽《おえつ》のように零れる魔法の炎が、部屋のあちこちに燃え移っていた。

――我を忘れている……?

石造りの城は、木造の住宅のようには燃えない。それでも、出入り口を完全に塞《ふさ》がれた状態で、絨毯《じゅうたん》や家具に燃え移れば危険だ。先程窓が割られたので室内の酸素が欠乏することはないだろうが、それ以前の問題である。

自我も魔法もコントロールできなくなっているのだとしたら、自分だけでなく、彼自身も危ないのではないか。

「レオ様……っ」

呼びかけるが、彼の声に掻《か》き消《け》された。レオの耳はぴんと後ろに反り返り、丸太のような太さの尾はまるで鞭《むち》のように撓《しな》り暴れまわる。

「レオ様！　落ち着いてください！　レオ様……！」

必死に呼び続けてみるも、レオは胸元をかきむしるような仕草をしながら、喚声《かんせい》をあげ続けている。

獅子の姿になると、自我を保てないのか。それとも、その姿を懸たちに晒してしまったことで、パニックに陥っているのだろうか。

どちらだろうと、まずはどうにか落ちつかせなければならない。懸は声を張り上げて呼びかける。

「レオ様！」

戸惑いながらレオに向かって手を伸ばすと、後方に引っ張られた。

「サダルメリク……！」

サダルメリクは懸を羽交い締めにするようにして、喉元に手を押し当てる。

暴れていたレオが、唸りながらこちらを振り返った。

「招聘人、おとなしくしろ」

サダルメリクに触れられたところが、じわりと熱を持つ。それは恐らく魔法を使う前触れで、言うことを聞かねば喉元に直撃させるという脅しなのだろう。だがきっと、黒い獅子が飛びかかってきたら、懸を盾《たて》にして逃げるつもりなのだ。

ぐる、と喉を鳴らしながら黙り込んだレオに、サダルメリクは「おい化け物」と呼びかけた。

「人間に姿を偽り、俺を、父上をたばかり続けてきた怪物め！　そこをどけ！」

大きな金色の瞳が、懸を捉える。その表面に、うっすらと水の膜が張っていくのが見えた。獅子の顔が、辛そうに歪んだ気がする。

――……その姿を、見られたくなかった？

この世界には、人間、亜人、魔獣、獣がいるという知識はあった。

亜人は言わば人間と魔獣や獣の交配のような姿をしている。だが、「人間の姿から魔獣の姿に変わる」という人を見たことがない。そして、懸が目を通した書物にも、そういった種がいるという記載はされていなかった。

化け物、とサダルメリクが罵《ののし》るように、きっとレオの姿はこの世界でも異端の、異形《いぎょう》の存在なのだろう。

「さっさとどけ！　……なんだその醜い姿は。お前のような異形のものが王になどなれるものか！　神殿で審問《しんもん》にかけてやるから覚悟を――」

サダルメリクがつらつらと口上を述べ始めている途中で、大きく開かれた獅子の口がいつのまにか眼前にまで迫《せま》っていた。

「え」

そう口走ったのは、サダルメリクも懸も同時だったかもしれない。

サダルメリクは咄嗟に懸をレオの口腔《こうこう》に向かって突き飛ばした。

「あ……っ！」

白く鋭い牙が目に入り反射的に目を閉じた懸だったが、覚悟していた痛みは訪れない。代わりに、柔らかいクッションのようなものに受け止められた。

——痛く、ない？

恐る恐る目を開けると、そこにはつやつやの美しい豊かな鬣《たてがみ》がある。顔を上げたら、丁度レオの顎下《あごした》が見えた。

直前で口を閉じ、胸元で懸を抱き止めてくれたようだ。

「あ、ありが——」

お礼を言おうとした瞬間、突如《とつじょ》その体毛に包まれるように押し倒される。一瞬、自分の身になにが起きたのかわからなかったが、そのあとに襲ってきた大きな震動に、レオが懸をなにかから身を挺《てい》して守ってくれたのだと悟った。

慌てて彼の下から抜け出すと、レオの鬣のあたりが焦げて煙があがっていた。

はっと振り返り、サダルメリクの姿を探す。壁際にいたサダルメリクがこちらに向けた掌の前で、炎の球体が回転しているのが見えた。恐らく、あれをレオ、もしくは懸に向けて放ったのだろう。

「俺を食おうとしたな、この化け物が！　殺してやる！」

炎は渦巻《うずま》きながらゆっくりと大きくなっていった。

身構えるより早く、レオの鼻先に突き飛ばされる。それとほぼ同時に、レオはサダルメリクから放たれた火の玉をその顔に受けた。接触とともに、音を立てて爆発する。

以前城で受けた攻撃ほど大きなものでもなかったが、それでも衝撃は大きい。懸は爆風に吹き飛ばされ、レオは毛足の焦げた顔を前脚で払うようにしながら呻いている。

——本当に、火種がないとか、なにかに接触して爆発するとか、なにで出来てるんだ魔法ってやつは……！

有毒ガスが発生するならば、こんな密室では使わないだろうが、爆発の衝撃で懸だけでなくサダルメリクも少し吹き飛ばされた。それくらいの威力はあるものなのだ。

だから、恐らくレオは魔法で反撃をしない。

二人が室内で魔法で交戦するというのは互いにとっても勿論だが、魔法を使えない「招聘人」——懸の身が非常な危険にさらされる。

そんなレオの配慮も察せられないのか、サダルメリクは痛みに顔を押さえるレオを見て嗤っていた。

「次は確実に仕留めてやるよ！」

よろめきながら立ち上がり、まだ目も開けられないレオに向かって、再びサダルメリクが攻撃のために構える。

その瞬間に、懸の頭の中でなにかがぶつりと音を立てて切れた。

懸はサダルメリクの懐に駆け寄り、袖《そで》と襟《えり》を素早く摑む。身構えられる前に即座に相手の体を後方に押し、足の側面、土踏まずのあたりでサダルメリクの靴の踵《かかと》を勢いよく爪先側にすくい上げた。

「……っ?」

バランスを崩して尻もちをついたサダルメリクの襟を摑んだまま、後方にそのまま押し倒す。一体なにが起こっているのかわからない様子のサダルメリクの背後に回り、その首に手を巻きつける。

「な……っ」

サダルメリクがはっとして抵抗をしようとしたが、もう遅い。懸の腕は既にサダルメリクの首に入っている。やめろ、と声を出したいようだが、喉を絞められているので声が出せていない。

己の両掌を握手するように強く組み、二の腕で喉を圧迫しながら胸に引きつけるように絞め上げた。暴れられる前に顎でサダルメリクの頭を押さえながら力を強める。

数秒後、懸の腕に爪を立てていたサダルメリクの手がだらりと落ちた。失神したのを確認し、男の体を突き放す。

寄りかかってきたサダルメリクをぽいと床に転がし、懸は立ち上がって息を吐いた。

――素人《しろうと》さんに技をかけるわけにはいかないと思ってずっと我慢してたけど……よく考えたら、ここ、地球じゃなかった。

受け身の取れない相手だとわかっていたのに、雑に小内刈《こうちがり》をしてしまった自分は、なかなか心が狭く、スポーツマンシップをかなぐり捨ててしまったという自覚はある。

——尊厳や死と隣り合わせの状況で、そんなもの構っていられるか！

仰向《あおむ》けに転がったサダルメリクの鳩尾《みぞおち》をぐっと押すと、程なく目を覚ました。すぐには体を動かせず、また状況が把握《はあく》できないのか呆然としている男を、シャツを使って両腕を背側に拘束《こうそく》する。

「化け物……！」

どちらに向けた言葉なのかそう叫んで、サダルメリクは這《は》いずるように距離を取る。

この期《ご》に及んでまだ言うか、と少々苛立ったが、こんな男を相手にしている場合ではない。

振り返ると、レオは驚いた様子でこちらを見ていた。

ライオンの顔なのに、表情は意外と読めるものなのだな、とどうでもいいところに感心してしまう。ぽかんとしているのが、なんだか可愛い。

「レオ様」

呼びかけに、レオはただじっとこちらを見ている。

懸が歩み寄ると、ほんの少しだけ後退した。追いかけるほど、彼は壁を背にして逃げていく。ずりずりと横方向へ逃げ、部屋の隅で止まり、動けなくなった。

入り口が開いたことで、サダルメリクがばたばたと逃げていく。腰が抜けかけているのか、その格好はひどく滑稽《こっけい》だった。

それを横目で見送りながら、懸は戸惑った様子のレオのすぐ傍まで近づき、もう一度「レオ様」と呼んだ。

ぐる、とすぐ近くにある喉が鳴った。

一口で自分を丸呑みにできるほど大きな肉食獣。けれど、まるで怯えるように懸を見下ろす。

「……レオ様」

怯えさせているのは、間違いなく自分だ。それはきっと、懸が恐ろしいのではなく、大人が赤ん坊を抱くときのような、繊細《せんさい》で高価なガラス細工にふれるときのような、脆《もろ》いものに対する気持ちなのだろう。

けれど懸はそれほど壊れやすくはない。だから大丈夫なのだという気持ちで、レオの鬣に触れた。びくりと体を強張らせる彼に、そっとしがみつく。

「……僕に、その姿を見られたくなかったですか?」

レオは答えない。

顔を上げると、眉間《みけん》に皺《しわ》を寄せていたレオの黄金色の瞳から、すうっと涙が流れた。まさに大粒の涙が零れ落ち、床に小さな水たまりを作る。

懸は、毛並みを整えるように優しく彼の体毛を撫でた。大きな体が微《かす》かに強張る。鬣に埋もれてよく見えない耳が、ぺたりと垂れていた。

いたわるように指先で毛を梳《す》きながら、なんと言えばいいのか言葉を探る。

正直なところ、懸にとってはレオの姿は特段驚くべきものでも、勿論差別しなければならない対象でもなかった。

――いや、驚くことは驚くけど……だって、亜人のひとたちや喋れる魔獣もいるらしい世界で、「実は羽の生えたライオンでした」と言われても、そうだったんですか、としか思えないというか……。

亜人や人語を話す獣がいる時点で、懸のいた世界から見ると既にだいぶ常軌《じょうき》を逸《いっ》している。いっそ「言われてみれば獣はいても獣化する人はいないのか」と思った程度だ。別の世界から来た懸からすればそれは大した違いはないというか、「特技」や「個性」として受け取れる問題である。

――地球の価値観からすると、むしろ「神様」の形に近いと思うんだよね。

有翼の獅子はイタリアやインドでは神や神の遣いの姿でもある。ゲームなどでも時折見かける造形で、化け物というよりは神聖なイメージもあるし、懸個人の感想とすれば強そうでかっこいい。日本でも獅子は古くから狛犬《こまいぬ》の対《つい》の神使として存在している。

けれど、この世界では異端に違いなく、レオはずっとこの秘密を抱えて辛く悲しい思いをしてきたのだろう。亜人が人間と魔獣の交配によるものだという迷信で差別されている世界で、魔獣そのもののように変化《へんげ》できるということは、より忌避《きひ》されることであるに違いない。

なんとも思いませんなどと軽く流していいことではない。言葉は慎重《しんちょう》に選ばなければと思いながら、懸は「レオ様」と呼んだ。

「僕は、あなたのその姿も、とても素敵だと思います」

触れた体から、レオが息を呑んだのがわかった。

「どんな姿でも、あなたはみんなのことを考える、いつもの優しいレオ様でしょう?」

この姿が恐ろしくないのか、とでも言うように、レオが顎を引く。白いひげをちょんと撫でて、懸は目を細めた。

「どんな姿でも、僕はあなたが……好きです」

懸の言葉に、レオの目が大きく見開かれた。

初めての告白の言葉がすんなりと口から零れる。誰かに恋をするのも、告白をするのも初めてだったのに、自然に言ってしまったことに自分でも驚いた。

懸を凝視《ぎょうし》していたレオの目が、動揺のせいかほんの僅か揺れる。

背伸びをして、彼の口元にそっと唇を寄せた。

その瞬間、びくっと身動いだレオの体が風船がしぼむように小さくなっていく。

――わ……。

魔法が解ける、というのが実際に起こったらこういう感じだろうか。

大きな有翼の獅子は、一分と経《た》たぬうちに質量などを完全に無視してもとの美丈夫へと姿を

変える。まるでＣＧでも見ているようだ。質量保存の法則、と胸の内で呟く。

「……レオ様」

無意識に名前を呼ぶと、レオは両腕を伸ばして懸の体を掻き抱いた。苦しいくらいに強く抱きしめられて、懸もその背中を抱き返す。

「……お前が、大事なんだ」

怖かった、と聞き取れないくらいの小さな声で囁き、レオは息を震わせる。

拐われた懸が害されるのではないか、獅子の姿を見られ恐がられ嫌われるのではないかと。

「怖くて言えなかった。……懸には、本当のことを言わなければと思っていたけれど……、どうしても、言えなかった」

昨日の中庭で、「言っておきたいことがある」と切り出された話は、この「獣の姿」のことだったようだ。レオがやっと言おうとしたのに、懸はタイミング悪く誘拐されてしまった。

「言ってください。なんでも。……なにを聞いたって、あなたのことを嫌ったりはしません。僕も、皆も」

レオが小さく息を詰める気配がする。腕が、胸が、微かに震えていた。

「好きだ」

ぎゅっと押し付けられたレオの胸からは、大きな心臓の音が聞こえる。

「……好きだ」

祈るような声に、涙が滲む。ぽんぽんと優しく背中を叩いたら、ほんの少し腕の拘束が緩んだ。顔を上げ、レオの頬を撫でる。

「僕もです。……好きです、あなたが」

二度目の告白は、口にしたら少し恥ずかしくなった。ふたりとも裸だということを、今更意識してしまったのもそれを手伝う。

微かに熱くなった懸の顔を見下ろして、レオは懸の項《うなじ》を引き寄せた。

「ん……っ？」

ちゅっと音を立てて不意打ちのようにキスをされ、思わず硬直する。レオも何故か驚いた顔をしていて、頬を染めて「すまない、なんだか思わず」と謝った。

至近距離にレオの顔がある。先程魔法で攻撃された鼻がうっすら赤い。ほんの少し不安げな、うかがうような表情に、思わず笑ってしまった。

きっと獅子の姿だったら、耳がぺたっと伏せられていたのだろうなと想像する。キスをしたらお伽噺《ときばなし》のように解けてしまったあの姿も、いま思えば可愛かった。

「……なんだ？」

「いえ。お伽噺の魔法みたいだなって」

懸の科白に、レオは怪訝《けげん》そうに首を傾げた。

「懸の国には魔法がないのではなかったのか？」

「あ、ええと、実際には存在しないけど創作物の中にだけはあるというか……そういう物語の定番なんですけどね、恋した人がキスをすると、魔法が解けるんです」

そう説明して、はっとする。恋した人、だなんてはっきりと言ってしまった。

内心焦る懸をよそに、レオはそうかと納得する。

「なるほど、道理だな。俺は懸に恋をしているから、そういう作用があったのかもしれない」

生真面目《きまじめ》にそう頷かれてしまい、懸は赤面した。

文字やアプリ、ひらがなや化学の知識などと違い、それは「招聘人の齎《もたら》す恩恵」とはまったく違うのに、まるで招聘人の知見を得たように納得しないでほしい。

──ああでも興奮して変身してしまったところを、キスでエンドルフィンが発生したことによって鎮静《ちんせい》効果を得たために解かれたという可能性も……。

羞恥心を誤魔化すように頭の中でそんな分析をしていると、廊下からばたばたと走ってくる足音がした。

「──レオ様、懸様！」

そう言って飛び込んで来たのは、アルレシャだった。

その後ろから、甲冑《かっちゅう》を纏《まと》った、恐らくサダルメリクの配下である騎士もやってくる。彼らは裸で抱き合う懸たちと、部屋の惨状《さんじょう》を見てぎょっとした。

レオはすっと立ち上がり、燃えずに残っていた敷布で懸の体を包んだ。騎士ははっと居住まいを正し、背後の騎士になにごとか合図を送る。

「申し訳ございません、すぐにお召し物を――」

「構わん。……それよりも、今までどこにいた？」

怒鳴っているわけではないが、迫力のある声にアルレシャと騎士たちが息を呑む。それから、全員が膝をついた。

「大方、騒ぎが止《や》んだのを見計らいやっと顔を見せた、というところだろう。……招聘人や君主の身の安全を確保しようともしなかったのか。それとも、その死を確認しにやってきたのか」

問いかけに答えるものは一人もいなかった。

表面上冷静だが、ひどく憤慨《ふんがい》しているのは見て取れて、懸も口を挟《はさ》めない。

アルレシャが、勢いよく土下座をした。

「申し訳ございません。レオ様を残して逃げるような」

「――危険と判断し、亜人とともに退避いたしました」

アルレシャの口上を遮るように騎士の一人が言う。アルレシャはその男をキッと睨みつける。

そんな様子に、レオが右目を眇めた。

「アルレシャを連れて行ったのはお前か」

「はい」

恨《うら》みがましく睨むアルレシャと、その遣《や》り取《と》りで、本当はその場に残ろうとしたアルレシャを連れて避難したのだということが察せられた。

そしてサダルメリクが逃げてきた、もしくは城内が静かになったところで様子をうかがいにきたのかもしれない。

「……下臣をよく助けてくれた。礼を言う」

レオの言葉に、アルレシャが納得のいかないような顔を俯ける。騎士は無表情のまま頭を下げた。

「とんでもないことでございます」

当然ながら西方領の人々全員が、サダルメリクのような差別主義者ではないのだということも感じる。無論、階級的な意識はあるのかもしれない。だが甚振ったり殺したり、危険な状況で見殺しにすることをよしとしない人々も確かにいるのだ。

「……サダルメリクは」

「捕らえて拘束してあります」

答えたのは別の騎士だった。懸は思わず「えっ」と声を上げてしまう。

先程、レオの変身が解けた後に逃げ出したサダルメリクは、別の場所で安全の確保がしてあるだろうとは思っていたが、拘束しているという答えが返ってくるとは思わなかった。

「よいのか？　懸の誘拐も見過ごし、乱暴を働くことも見過ごしていただろう。サダルメリクにそれほどまでの忠義があったのではないのか？」

レオの口調は静かだが、その皮肉には隠しきれない憤《いきどお》りが滲んでいる。騎士たちは反論もせず、ただ申し訳ございませんと謝罪し跪《ひざまず》いていた。

だが、彼らの立場になってみると、抗《あらが》いがたい理由もわかる。招聘人の誘拐まではともかく、その後肉体的な暴力や辱める行為、命を危険に晒すような真似をするところまでは想定外だったに違いない。わかっていても、暴君に近い位置にいる彼らが逆らいきれるかは微妙なところだ。

忠義というより恐怖や暴力による支配というのが実情だろう。

そんなフォローをすれば、きっとレオには呆れられるかもしれないが。

——でも、あの男にそんなことをして、彼らは無事で済むのだろうか。

よほど不安げな顔で彼らを見てしまっていたのか、レオに頭を撫でられる。

「大丈夫だ。……悪いようにはならない」

何故そんなことが言えるのだろうか。

困惑し、不安を抱きつつも、本当に悪いようにならなければいいという気持ちも込めて「はい」と頷いた。

レオがやけにはっきりと「大丈夫だ」と言った理由は、北方領へ戻ってすぐに判明した。

以前にも聞いた話ではあったが、王位継承権を持つ者同士での簒奪《さんだつ》行為は許されている一方、「招聘人《しょうへいじん》」に危害を加えることは、たとえ領主であろうと罰《ばっ》せられるほどの重罪だという。

サダルメリクがそれを知らないはずはない。神殿側からも、その振る舞いについて幾度か警告があったという。

領主であり、次期国王になるのだから大したお咎《とが》めは受けないだろうと過信して高を括《くく》っていたのか、もしくは懸を隷属《れいぞく》すれば、招聘人よりも――王となるレオよりも、自分が上なのだと顕示《けんじ》できるのだと本気で思っていたのか。

あるいはすべてが罪だと知った上で、それほどのことをすればやっとレオが自分を見てくれるのだと、そう思っていたのかもしれない。

一方貴族や側近、騎士たちは、君主の暴挙が大罪であるとはわかっていたが、諫言《かんげん》は社会的、ないし肉体的な死を意味するので従うほかなかったのだ。アルレシャを助けた騎士は、君主の終わりを悟って自発的に動いたのだろう。

「じゃあ、アルレシャさんのお子さんは無事だったんですね」

「ああ。確認を取るのが遅れたが、ちゃんと治療を受けていたし、快復していた。健康状態も良好だそうだ」

一番気がかりだったことを聞けて、ほっと胸を撫で下ろす。

サダルメリクを神殿の牢《ろう》へと引き渡した後、城へ戻ってすぐにアルレシャは「子供を探してほしい」とレオに懇願《こんがん》した。どんな罰でも受けるから、子供を助けてほしいと。

レオもやはり彼の子供の存在を知らなかったようで、子供がいることや西方領の病院に預けたはずが行方不明になっていることなど、矢継ぎ早に押し寄せる情報に驚き、子供が見つかったら命で責任を取ると物騒なことを言うアルレシャを宥《なだ》め、すぐに事情を汲《く》んで子供の行方を探しはじめた。

だが、当初アルレシャが聞いていた病院には、亜人の子供など入院していなかったのだ。赴《おもむ》いた病院の院長に、亜人は病院にはかかれないのだから当然です、と困惑気味に言われ、捜索は初日から停頓《ていとん》してしまった。

御布令《ごふれい》まで出して探したが、暫くは行方は杳《よう》として知れなかった。

「万が一の可能性も考えていたが、見つかって本当によかった」

声に安堵を滲ませるレオに、懸も深く頷く。

「本当ですね。……アルレシャさんが憔悴《しょうすい》していて、本当に見ていられませんでしたから」

信頼を寄せてくれていた主君を裏切り、間者に成り下がってまで守ろうとしていたものが、もうこの世にはいないのかもしれない――そんな不安に心を潰され壊されかけていたのだ。

「休めと言っても聞かんし」

「休んでいられない気持ちもわかりますよ。自責の念もすごく大きかったでしょうから」

「そもそもだ。もっと早く俺に相談すれば良かったんだ。……俺がもう少し、信頼に足る君主であればよかっただけの話だったのだろうけどな」

少しの怒りと寂しさを交えながら、レオが息を吐く。

「ずっと『自分が悪い』の一点張りですもんね」

「……あいつが俺をおのずから裏切っているわけではないなんてことくらい、わかっている」

信用がない、と嘆息するレオに、懸は苦笑した。

君主不在の西方領では、現在は宰相《さいしょう》が政《まつりごと》を一時的に取り仕切っている。あれから、サダルメリクの臣下などに幾度か聴取をした。

アルファーグの行方が知れなくなったのは、籠城戦《ろうじょうせん》の頃だったという。アルレシャがレオに対し王への相談を進言し、謁見《えっけん》した日——あれはレオがサダルメリクの攻撃を偶然回避したわけではなかったのだ。

アルレシャは、攻撃がしかけられる大凡《おおよそ》のタイミングを知っていた。だから、その前に停戦に持ち込めるように動いたのだ。

だが攻撃は、アルレシャの想定より少し早かった。レオたちが城をあけた日に、城は攻撃を受けて燃やされたのだ。

レオたちは偶然にも攻撃を免れたが、仕留めそこねたサダルメリクの怒りを買った。レオが失脚するまで、王が身罷《みまか》ってからはサダルメリクが王となるまで忠実な下僕として仕えなければ、息子と会わせない、少しでも逆らえば息子を殺すと脅《おど》されたという。

――それなのに、サダルメリクは人質にした子をその日のうちに殺せと命令していたなんて。どこまでも嫌な男だ、と懸は眉根を寄せる。

そんなアルレシャの息子であるアルファーグが無事に見つかったと聞いたときは、アルレシャだけではなく、皆が安堵に胸を撫でおろした。

「……でも、考えてみれば当然ですよね。出てこないのも」

「そうだな」

アルファーグは、南方領との国境近くの小さな病院にいた。

もとは都市部にいたという若い男性医師が、匿《かくま》うようにして治療をほどこし続けていたのだ。

「亜人を排除し、差別している国で、『差し出せ』と御布令が出たら警戒しますよね」

領主のサダルメリクが亜人を嫌悪していることはよく知られた事実。勿論、領民たちもレオの城に移動した多くの亜人たちがサダルメリクの命令によって焼き殺されたことを知っている。

あのとき城で会った騎士のように、領主が亜人嫌いだからといって、領民すべてがそうであるわけがない。アルファーグの面倒を見ていた医師もそうだった。

即日処分を命じられた子供を助けるために、医師としてのキャリアを捨てて、田舎へとその身を移し、アルファーグを隠したのだ。

「……サダルメリクが、アルレシャさんを騙し続けていたことは許せないですけど、子供が無事で本当によかった」

「ああ」

レオの依頼を受けて、当該医師はアルファーグとともに北方領へと移り住み、治療を続けてくれている。

なによりも、北方領に医師が初めてやってきたのは大きな出来事だ。

「それで……あの」

「うん？」

レオは椅子に腰掛けたまま、先程からずっと懸を見ている。

「……そんなに見られると、緊張してしまう……というか恥ずかしいんですが」

「そうなのか？」

心底驚いた、とでも言いたげにレオが目を丸くする。

今日は、レオが正式に王となる日——戴冠式が執り行われる日だ。

サダルメリクのせいで事前に大きな波乱はあったものの、期日通りに東西南北の中央にある神殿にて、国外から招かれた元首などを賓客《ひんきゃく》とした戴冠式は式次第通りに執《と》り行《おこな》われる。

アルファーグが見つかったのは、このことも大きな要因となっている。サダルメリクが有罪となり、亜人と共生していた北方領主が正式に王として立った。だから、医師は名乗り出てくれたのだ。

「責任の重大さを思い知って、もう心臓が口から出そうです」

「それは大変だ。懸は面白い表現をするな」

笑うレオに、いや冗談ではないんですがと唇を引き結ぶ。

本来、新王に王冠をかぶせるのは先代の王、或いは高僧の役割だが、招聘人が存在する場合はやはり問答無用でそのお役が回ってくるらしい。

改めて、この世界では「招聘人」という存在の地位は高く、尊ばれているのだということを思い知らされる。

戴冠式まであまり時間はなかったのだが、数日前からリハーサルを何度もさせられた。卒業式の練習より覚えることが多く、懸はこの数日、何度も手順を確認し、自室で自主練習までした。それでも失敗したら、と不安だ。

「緊張します、こんな、衣装も僕の柄じゃありませんし」

はあ、と溜息を吐いた懸に、先程からずっと着付けをしてくれている神殿の神官たちが「本当によくお似合いですよ」とお世辞を言ってくれる。

仕立てられたのは、純白の生地に豪華絢爛な刺繍《ししゅう》が施された僧衣のようなものだった。レオが堅実かつ威厳のある軍服のような衣装でこの控室に現れたときに、何故自分のほうが派手なのかと啞然としてしまった。

「そうだとも。それは懸のために誂《あつら》えた衣装だ。美しいし、よく似合っている」

お世辞を真に受けて、レオが頷く。恥ずかしいのでやめて、と赤くなった顔を押さえたくなったが、着付けの最中なのでそうもいかない。

「でも豪華過ぎます、特にあの……」

壁際に置かれたトルソーにかけられている、肩に羽織るマントのような純白の衣装は、さきほど少し触らせてもらったのだが刺繍が凄すぎてずっしりと重い。白地に銀糸やごく薄い金色の糸で絢爛《けんらん》な刺繍が施されている。

ほう、とレオが微かに目を輝かせて席を立った。結構目立つ位置にあるのだが、今気づいたらしい。近づいてまじまじと眺めている。

「このマントは神殿で保管されている、招聘人の伝統の衣装なんだ。俺も実際に見るのは初めてだが……美しい」

「魔布と同じもの……術？　が施されているんですよね？」

巷《ちまた》に出回っている魔布というのは、せいぜいハンカチや手袋と言った小さなものに、五センチ前後の刺繍が施されているものだ。その刺繍面積が大きければ大きいほど、効果が上がる。

このマントには、全面に刺繍が施してあるのだ。

懸の前の人からは百年以上も経っているのに綺麗なままなのは、日々の手入れもあるが、施されている魔法で劣化——酸化や日焼け、汚れを防止しているのだという。「土魔法ですか？」

と訊いたら当たった。

「いわば巨大な魔布ってことですよね。招聘人は魔法が使えないのにどうして……」

疑問を口にした懸にレオは歩み寄り、そっと肩に触れてきた。

「意味はある。傍らにいる新王が使えるからな」

つまり、戴冠式の最中に命を奪われることで王位を簒奪《さんだつ》される可能性がある。そういう場面では、式の間は常に帯同している招聘人の衣装でブーストをかけて防衛や攻撃の魔法を使えるということだ。

なるほど、と思うと同時に割と殺伐《さつばつ》とした理由だったなと空を仰ぎたくなる。

「それに、刺繍でかなり厚く丈夫になっているから、物理攻撃にも耐えられる」

「……防弾チョッキですか」

ぼうだんちょっき？　と聞き慣れない単語にレオが首を傾げた。

見た目は清廉《せいれん》で華やかな衣装だが、巨大魔布と防弾チョッキ、と言われると急に趣《おもむき》がなくなる。

――そうか。でもそれくらい、危険なことが起こりうるってことなんだ。

実際、そんな目に遭ったからこそ必要性を実感する。サダルメリクのように――それ以上に苛烈《かれつ》に簒奪を目論んだ者が今までもいたに違いない。

「……不安か？」

小さな問いかけに、懸は頭を振った。まったくないと言えば、それは嘘になる。けれど。

「――レオ様と一緒なら、なにも」

懸の返答に、レオは微かに目を瞠《みは》る。それから、互いに微笑《ほほえ》みあった。

それとほぼ同時に、鐘が鳴る。

「……そろそろだな」

見計らったように着付けも終わり、レオが懸の手を取る。美しく威厳のある新王にエスコートされて、面映《おもはゆ》い。

こちらの世界に来てから、この手にはずっと護《まも》られてきた。触れるだけで、なによりも安心できる。

「レオ様。おめでとうございます」

廊下に出て前室に向かう途中でそう声をかける。レオは目を瞬《しばた》いた。

「……少し気が早いな」

ふ、と笑うその顔は、少し照れているようだった。

王冠をかぶせられ、書類にサインをして手形を取れば、正式な王となる。つまり、レオは厳密にはまだ王ではない。

「でも、誰よりも先に言いたかったんです」

ぎい、と前室の扉が開かれる。八畳ほどの広さの部屋には、近衛兵や僧兵などが既に控えていた。いよいよなんだな、と思うと、繋いでいる手に無意識に力が入る。

「レオ様、懸様、こちらへ」

ドア係である近衛兵に促され、緊張しながら大広間へ続く扉の前に並び立った。徐々に緊張感が高まっていき、外側からの合図とともに、二名の近衛兵によって観音開きの扉が押し開かれる。

——わ……。

呼び出された立太子宣明《せんめい》の儀のときも、リハーサルのときも足を踏み入れた場所ではあったが、賓客が揃っているとまるで雰囲気が違う。後方から現れた新王と招聘人に、賓客たちの視線が集まった。

高座には祭壇、その後方に新王の座る儀式用の大きな椅子が用意されており、そこに向かって赤い布が伸びている。その道を、二人並んで歩いた。リハーサルの際はバージンロードみたいだな、などと思っていたが、厳《おごそ》かな空気に飲まれて失態をおかさないようにせねばという緊張感でそれどころではない。

レオは祭壇へ、懸はその傍らへ控える。後方には、三キロ近い重量の王冠を持って控えた神官長がいた。

「さきに、法の定めるところにより王位を継承いたしました。ここに戴冠の儀を行い、即位を内外に宣明いたします」

レオが宣誓し、国民の幸福を願い、法を遵守《じゅんしゅ》し、王としてのつとめを果たすことを誓約する。控えていた神官長が、王冠を懸に差し出す。ずしりと重たいその王冠を、跪《ひざまず》いたレオに授けるのが、懸の役割だ。

——本当に、「招聘人」にとっても立場や責任を思い知らされる儀式だ……。

普通、王冠を授けられる王は祭壇後方にある椅子に座る。なぜなら、王は誰にも膝を折らないからだ。それが先王であっても、である。

だが、招聘人と呼ばれる者は王と並ぶ、或《ある》いは僅かに上に位置する。

本来は椅子に座るバージョンでもいいのだが、歴代の王は跪くのを選んだそうで、レオは倣《なら》うのではなく自分の意思だと強調した上で跪くほうを選択した。

低い位置にあるレオの頭に、懸は緊張しながらそっと王冠を載せる。

「……謹《つつし》んで申し上げます。陛下におかれましては、本日ここにめでたく戴冠の儀を挙行され、即位を内外に宣明されました。一同こぞって、心からお慶《よろこ》び申し上げます」

レオは顔を上げ、懸を見つめた。その優しい瞳は大役を果たした懸を労《ねぎら》ってくれているようで、全身に入っていた力がほんの少し抜ける。

立ち上がったレオに再び手を取られ、二人並んで祭壇を降りた。

——無事に、終わった。

この後にも祝宴があるのだが、ひとまず一番大きな行事は恙《つつが》なく終えることができたのだ。

大広間から退場し、扉が閉まってほっと息を吐く。

「陛下、懸様、次の祝宴が始まるまでこちらへ」

僧兵にそう促されて、はい、と頷いた瞬間、レオに素早く唇を奪われた。

「――っ！」

息が止まるほど驚いた懸の横で、レオは平然と歩き出す。幸いなことに、一瞬の出来事だったため近衛兵たちも、先導する僧兵にも気づかれていないようだが、あまりに大胆でこの場にそぐわない行動に、頭が真っ白になってしまう。

「――緊張がほぐれただろう？」

繋いだ手を引きながら懸にだけ聞こえる声でそう言ったレオは、まるで悪戯《いたずら》をしたリリやプロキオンたちのような顔をしていた。

「……緊張をほぐす目的だったら、式の前にしてくださいよ」

「してよかったのか？」

「いいわけないでしょう！　きっと頭が真っ白になって、覚えた手順とか全部飛んじゃいましたよ！」

本気でクレームをつけたのに、ふ、とレオは小さく吹き出す。

懸は繋いだ手に、ほんの少しだけ爪を立ててやった。

「……疲れた」

北方領のレオの城に戻った懸《かける》が、そう呟いて大きなベッドの上に倒れ込むと、レオが笑った。

「いつも行儀よくしている懸にしては珍しいな」

「……疲れすぎてもう今日は無理です」

戴冠式のあとは民衆へのお披露目《ひろめ》のパレードのため馬車で周辺地域をぐるりと一周し、来賓《らいひん》とともに祝宴、それから今度は天馬にレオとともに相乗りして再び周辺を一周。

その後は大勢の聖職者に身を清められ――つまり風呂で体を洗われた。ひとりでできますと固辞したのだが、お疲れなのですから労わせてくださいと言われてしまえば断りにくい。

――最後のお風呂で、完全に体力と気力を持っていかれた気がする……。

女性がいなかったのが唯一の救いだが、それでも日本人の一般的な成人男子が複数人に体を磨《みが》かれるという場面はないので心身ともにかなり疲弊《ひへい》してしまった。

そうして予定通りにレオの城へと戻ったが、もうへとへとだ。

「今日はお疲れ様」

傍らに腰を下ろしたレオに、頭を撫でられる。甘い声音と優しいその掌にどきりとしながら、懸は身を起こした。

ベッドの上に正座した懸に、レオは目を丸くする。

「あの、レオ様もお疲れさまでした。改めておめでとうございます」

改まって頭を下げると、彼が微かに笑う気配があった。

「今日は嬉しかったです。すごく。無事に式を終えられたことも、あと、もうひとつ」

疲れたけれど、祝宴ではとても嬉しいことがあった。

レオが獣の姿に変化《へんげ》できることはレオ本人の意思で正式に公表され、内外へ広く知られることとなった。

獅子は動物の世界と同様に、魔獣の中でも高ランクに位置している。そして、有翼の獅子を「神の化身《けしん》」として信仰の対象としている国がいくつかあり、宴の場で新王であるということ以上に「神の化身の王」だととても敬《うやま》われたのだ。

無論、他国の評価で国内の評価までもが一朝一夕《いっちょういっせき》であますところなく好転するということにはならないが、レオのアイデンティティの支えになることは間違いない。

「ありがとう。懸のおかげだ」

そんなこと、と首を横に振る。

「……神殿に移らなくて、本当にいいんですか?」

「移りたかったか?」

「いえ、そういうことではなくて」

慌てて首を振ると、レオは「まだ領地を放ってはいけないからな」と口にした。

国王は神殿に居を構えるのが基本だというが、日本で言うところの総理大臣公邸と似たようなもので、居住するか否《いな》かは国王次第だそうだ。

王は継続して自治領を統治することも、別の者に譲《ゆず》ることも可能だが、北方領をそのまま新しい領主に譲ることは無責任だろうとレオは考えている。

継続して北方領での領主を務めながら、王としての役割を果たしていくこととなった。

「仕事はどこででも出来る。むしろ、北方領にいたほうが不便がない」

「僕もここのほうが安心します。——あの、僕も出来る限りのことはお手伝いしますから！」

役に立たないかもしれないが、頼ってほしい。

そう訴えると、レオは微かに目を瞠り、破顔した。

「頼りにしている」

そっと懸の肩に触れ、レオは顳顬《こめかみ》のあたりに唇を寄せてきた。甘い雰囲気に、思わず緊張して息を呑んでしまう。誤魔化すように、懸は慌てて後ずさった。

「それから、ええと、気がかりだった西方領の次期領主の方も、きちんとした方で本当に良かったです」

「ああ、彼は人格者だと訊いているし、民の支持も高いそうだ」

国内からは各領主が参列する。サダルメリクのいた西方領からは、次の領主に指名された貴族が来ていた。

神殿にて召喚魔法が使えるかどうかの検査を受け、その能力があると適性を認められた者の中から、神殿及び各領主で審議の上に決定された四十歳前後の人物だ。

懸も少し言葉を交わしたが、お眼鏡《めがね》にかなっただけあって、西方領でサダルメリクの下についていたとは思えないほど真っ当な男性だった。数年ほど前に、サダルメリクへの諫言《かんげん》で貶《へん》爵《しゃく》され、辺境へ追いやられていたそうだ。

「他の方も、サダルメリク……さん、と比べずとも、本当にきちんとした方ばかりで」

「ああ。美しい招聘人に見とれていたけれどな」

口説きモードに入っているらしいレオの科白《セリフ》にうっと詰まる。

「いや、あれは僕の容姿どうこうじゃなくて、単に珍しいからですよ」

招聘人というのは、召喚されること自体が本当に稀《まれ》で、伝説や神話、お伽噺レベルの存在なのだ。まさか生きているうちに見られるとは、という物珍しさで注目されていただけで、美《び》醜《しゅう》の問題ではない。

だがレオは否定する懸に眉根を寄せた。

「そんなことはない、リリたちだってそう言っていたろう」

「あれは欲目みたいなものでしょう」

儀式には一般の領民は参加できない。まして亜人ならば尚更だ。

流石《さすが》にマントは持ってこられなかったが、せっかくなので、お披露目がてら儀式の装束《しょうぞく》を着たまま帰城したところ、子供たちがわっと寄ってきた。懸様きれい、と逃げ出したくなるくらいに口々に褒《ほ》めまくってくれた。

そして、レオと懸を見比べて、「結婚式みたい！」と無邪気に言い放ったのだ。

こちらでも婚礼衣装は白であることが多いという。無邪気な子供に己の下心を見透かされた気持ちになって赤面したら、レオに笑われてしまったのが本当に恥ずかしかった。

――……自分でもちょっとそう思ってたから、余計に恥ずかしかったっていうか……。

うう、と火照《ほて》った頬を押さえる。

衣装だけでなく、儀式の最中も結婚式のようだなと思う場面が幾度もあった。

まだ戴冠式をよくわかっていない幼い子は、「けっこんしたの？」と首を傾げ、リリなどは何故か「そうだったの⁉」と納得してしまい、別の子供が「結婚はまだだよ！　今日はレオ様が王様になっただけ！」と微妙にズレたフォローをしていた。

それだといずれは結婚するというように聞こえてしまうので、懸は慌てて否定したが。

そんな懸の隣でレオは「なかなか受け入れてもらえなくてな」などと冗談に乗っかっていて、子供だけでなく大人にまで囃《はや》し立《た》てられてしまった。

――冗談ってわかっていても、ますます意識しちゃうというか……。

男同士なので結婚はできないが、二人は「君主と招聘人」という関係性だけではとっくになくなっているので、妙に焦ってしまった。

それに、誰からも否定されずに受けれられて嬉しいと思っていることを自覚する。

「欲目などではないさ。懸は自分の容姿を過小評価しすぎだ」

「過小評価っていうか……」

過大な評価をされているから否定をしているわけで。

「僕は本当に——わっ」

手首を摑まれて、ベッドに勢いよく押し倒される。

「美しい、と素直な気持ちを言って否定されるのは辛いぞ」

「……っ」

懸よりもよっぽど美しく整った顔が悲しげになる。懸は赤面し、声もなく見上げた。

「あ、あの……レオ様……」

レオの左手は、優しく懸の髪を撫でている。だがもう一方の手は懸の脚に触れていて、内腿《うちもも》を撫でるようにしながら服の裾《すそ》をたくし上げていた。

「お前が戴冠式まではとはぐらかすから、ここまで待ったんだが」

「あ、の……」

益々《ますます》頬が熱くなるのが自分でもわかる。

両想いだということを互いに自覚したものの、その後は後処理やトラブル、そして戴冠式の準備などもあってレオは多忙を極めていた。招聘人である自分もそれなりにすることは多く、相変わらず亜人たちに勉強も教えている。

アルファーグのことも心配で、今は恋愛にうつつをぬかしている場合ではない、と思っていたのも本当だ。

――だけど、怖気《おじけ》づいてしまったのも事実で……日数も経過したらどんどん不安が募《つの》ってしまって、ここまで引っ張ってしまった……。

時折口づけを交わすくらいのことはしていたが、それ以上の雰囲気になると「明日も早いので、おやすみください」と切り上げていたのだ。レオはその度《たび》になにか言いたそうな、物足りなさそうな顔をしていたが、こちらの気持ちを尊重して引いてくれていた。

「サダルメリクの件も片付いたし」

裁判にかけられたサダルメリクは、招聘人に危害を加えたという咎《とが》により有罪判決を受けた。懸としては、北方領に攻撃をしかけたことや、アルレシャを脅していたことについて咎めたかったが、残念ながらそれらは罪にはならなかったのだ。

王位継承権を持つ者として初めて極刑という判決が一時くだされたものの、それは懸の嘆願を受けたことによって撤回《てっかい》された。

――明言してしまうのもどうかと思うけれど、慈悲の気持ちからじゃない。

やはり「招聘人に危害を与えた」という理由のみで、ということに納得がいかなかったのだ。刑死を望む声があることは勿論わかっているが、サダルメリクにはきちんとその罪を――「亜人に対し非道な扱いをした」という事実を自覚し、償《つぐな》って欲しい。そして、一人の招聘人が「亜人のために嘆願した」という事実が、後世の亜人の扱いに対し一石を投じることになればいいと願った。

結果、死罪を免《まぬが》れたサダルメリクは「魔封じ」という、魔力を制限される処置を施され、蟄《ちっ》居《きょ》させられることとなった。

そして位を剝奪《はくだつ》されるだけでなく、王室の籍からも削除される。臣籍降下ではなく「削除」は「初めから王室に存在しなかった」と存在自体を抹消《まっしょう》される処分であり、極刑の次に重い罰だ。

また、庶民の地位に落とされるというのは、王侯貴族にとってはある意味では死ぬことと同じくらいに、死んだほうがマシだと思うほどに辛いことだという。現代日本人が、電気、ガス、水道のない世界で生き続けることと同程度の困難さだろう。

「アルレシャのことも解決した」

「そうですね、まだちょっと不安定ですけど……ふたりを見守っていけたらと思います」

子供の行方がわかった後、アルレシャは責任を取ると言って自害しようとした。

アルレシャがスパイとして行き来していたのは本当だが、子供を人質に取られていたわけだし、なによりアルレシャが手引きをしたことによって誰かの命が失われたという事実もない。

アルレシャはむしろ、そうならないようにと王への陳情をレオへ促した。だが一歩遅く、レオが請願のために城を明けたタイミングで、留守を知らないサダルメリク側からの攻撃を受けてしまったのだ。結果、レオの命は助かったが、多くの亜人が犠牲となった。

遠因となったことはあっても、直接的な原因となったことはないのだ。

それでも、もし同じ立場にあったら自己嫌悪にさいなまれるだろうと懸も思う。だが、彼はレオの乳兄弟であり、右腕なのだ。

懸が「残されたアルファーグはどうするんです」と訴え、レオが「お前がいてくれないと困る」と説得することで、どうにか踏みとどまってくれた。

「それで？」

「え？」

「……まだ待たせる気か？」

金色の瞳で覗き込まれ、うっ、と言葉に詰まる。

「なにが不満だ？」

「不満とかじゃありません。そういうことでは……全然」

「不満じゃなければなんだ。……何故俺の手を拒《こば》む？」

不意に頬を撫でられて、びくっと体が跳ねた。レオがはっとしたように手を引っ込める。

「やはり、俺が化け物なのが怖いか」

微笑みながら、けれど悲しげにつぶやかれた言葉に、懸は反射的にレオの手を握った。

「――そうじゃない！」

自分の躊躇《ちゅうちょ》が無闇にレオを傷つけたことを知って、「そうじゃありません」と重ねてはっきりと否定する。

「すみません、そうじゃないんです」

長いまつげが、ぱちりと瞬かれる。

「僕はその、生まれてから一度も、誰かと恋に落ちたことも……そういう意味で触れ合ったことも、なくて」

人を好きになったことはなかったが、ぼんやりと自分の性指向は自覚していた。だが積極的に恋人を作ることもなく、この年齢になってしまったくらいだ。

握っていたはずの手が、いつの間にか握り返されていた。うつむけていた顔をそっと上げる。じっとレオの顔がこちらを見ていた。

「恋に落ちたことも？」

繰り返し問われて、少々狼狽《ろうばい》しながらも頷く。

「誰かを好きになったのは、あなたが初めてで――」

だから、不慣れな態度を取ってしまった。傷つけたことをどうか許してほしい――そう続けようとした口を、キスで塞《ふさ》がれた。

「――っ、待っ……」

角度を変えて口付けられ、下手《へた》な息継ぎのために開いた口の中に、舌が差し込まれた。

「ん、う」

舌を舐《な》められ、甘噛みされる。舌で押し返そうとしたら、絡めとられて悲鳴をあげそうになった。

今まで味わったことのない感触に、背筋が震える。

不快感ではなく震えるのは初めての体験で、わけもわからず硬直した。

「待って、くださ……っ」

「すまん、それはできない」

ようやく見つけたキスの合間に訴えた言葉は、あっさりと却下《きゃっか》され、また塞がれてしまう。

「ん、んっ」

上顎《うわあご》を舐められると、体中の力が抜ける。自分のものとは思えない甘ったるい声が溢《あふ》れて止まらない。それなのに羞恥心だけはずっと残っていてたまらなかった。

「んっ……」

微かに捩《よじ》った腰をかき抱かれ、キスの勢いで後方へ押し倒される。柔らかなベッドとレオの硬い体に挟まれて、懸はレオの口づけを受け止めた。

息継ぎもままならなかったが、次第に相手の呼吸に合わせられるようになって、懸も行為に没頭《ぼっとう》する。

「あ……」

味わうようにキスをしていたレオが、ようやく唇を解放してくれたのはどれほど経《た》った頃だろうか。

濡れた唇は火照《ほて》って、少し痺《しび》れていた。レオの指に優しく拭《ぬぐ》われたら、体が震えてしまう。

「懸」

呼びかけに、いつの間にか閉じていた瞳を開くと、レオの笑顔がそこにあった。

「怖いか?」

これからのことを思って、レオが再度確認をしてくれる。散々話を逸《そ》らして逃げていた懸を責めることもなく、まだこうして心配してくれるのだ。

きっと、怖いですと頷いたら、手を引いてくれるに違いなかった。

胸いっぱいに幸福が満たされるような心地がして、懸は彼の顔の輪郭《りんかく》をなぞるように形のいいその頬を撫でる。

自ら触れるだけのキスをしたのは、殆ど無意識だった。

「……怖いです、少しだけ」

正直に気持ちを告げると、レオの腕が強張る。

「自分が、どんな醜態をさらしてしまうかわからない、から」

続けた言葉に、レオがゆっくりと瞠目《どうもく》した。羞恥に襲われて視線を外したが、顎を掴まれて引き戻される。

「大丈夫だ。……多分、懸より俺のほうがよほどみっともないことになる」

冗談を言っているようでもありながら、熱っぽい目で見つめられて小さく息を呑む。再び、キスで唇を塞がれた。

「ん……っ、ぅ」

口づけをしたまま、レオは懸の服を脱がしていく。慣れぬ装束は着用するのに随分《ずいぶん》時間がかかったが、脱がされるのはあっという間だった。

素肌が外気に触れて、寒くないのに身が震える。熱いレオの掌が、懸の柔らかい内腿を撫でた。

「あっ……!」

長い彼の指で性器に触れられ、びくっと体が竦む。他者に触れられたことがないそれを、レオの手が優しく握り込んだ。

羞恥と緊張で息を震わせていると、レオが宥めるように目尻《めじり》にキスをしてくれる。

「ぅ……」

ゆるゆると性器を撫でられ、擦《こす》られる。考えてみればこの世界に来てから、来る前もしばらく、自分で触れてさえいなかった。

すぐにはしたなく濡れてしまうのはそのせいだと、そう思いたい。

「っ、ん……」

ぬるついた性器を弄《いじ》られると、くち、という水音が立つ。それが恥ずかしくて、いたたまれない。

キスで口の中を、下肢をレオの手で愛撫され、次第に頭がぼうっとしてくる。

ゆっくりと撫でるばかりだったレオの手は、懸のものを握り込み、時折強く擦りはじめた。

もしかしたら、レオが自分でするときに、こういうふうにしているのだろうか。

「んん……っ」

そんないやらしい想像をして高ぶってしまう自分は、なんだか変態っぽいかもしれない。

「あっ、……待っ、待ってください……っ」

身を震わせて制止の声を上げた懸に、レオは目を細める。だが手を止めてはくれない。それどころかほんの僅か強めに擦り上げられて、思わず腰が逃げた。

「駄目です、僕ばっかり、あの……っ」

「いいぞ。我慢するな」

懸はただされるがままでなにをしているわけでもないのに、息が切れる。

先端から零れる雫《しずく》が彼の指を濡らす光景に、目が回った。

「よくないです、あっ、あ、待って、駄目……っ」

我慢なんてしている余裕もない。懸はあっという間に達して、レオの手を汚してしまった。

胸を大きく喘《あえ》がせながら下肢に目を向けると、大きな掌が白濁《はくだく》で汚れているのが目に入る。羞恥と申し訳なさに目が潤んだ。

「待ってくださいって、言ったのに……」

駄々のような恨み言をこぼした懸の目元に、レオが唇を寄せる。

「嫌ではないんだろう？」

「そうです、けど、でも」

「それなら、『駄目』などと言うな」

傷つくぞ、と言われ、そんなつもりはなかったと慌てて顔を上げる。だが、彼の顔が笑っているので、揶揄《からか》われたのだと気づいた。

涙目になってむっと唇を引き結んだら、レオは「全部冗談でもないぞ」と、鼻先にキスをしてくる。

「本当に嫌ならやめる。……が、そうでないならやめるつもりはない」

覚悟しておけと言われて、つい「はい」と頷いてしまった。普段過ぎるくらいに懸を壊れ物のように扱うレオの少し強引な科白《セリフ》に、どきどきしてしまう。

レオはベッドサイドの小瓶を取ると、それを掌に伸ばした。サダルメリクの暴挙を思い出して反射的に体を強張らせた懸に、レオが察して表情を曇らせる。けれどすぐに懸を安心させるように微笑んで、目元に口付けてくれた。

「大丈夫だ。俺は、懸にひどいことはしない」

熱っぽく優しい声に、頷く。

レオの掌で温度が上がったせいか、ふんわりとオイルの香りが立ち上《のぼ》った。甘い、花やバニラのような匂いのものだ。サダルメリクが使ったものとは全然違う。それがわかって、体から力が抜けた。

それを十分にあたためてから、レオは懸の下肢に手を伸ばした。今まで誰にも触れられたことのない箇所に、レオの指が触れる。

「うわっ、……」

思わず色気のない声を上げてしまった懸を咎めることもせず、レオはもう一方の手で懸の頭を撫でた。

甘やかすようなその仕種に肩の力が抜ける。その隙を縫《ぬ》うようにして、彼の指が入れられた。

「……っ」

オイルのせいか挿入《そうにゅう》はスムーズで、痛みは感じない。

けれど違和感とてつもない羞恥で、逃げ出してしまいたくなる。

逃げ腰になるのを堪えるために、懸は大きな枕を両腕に抱きしめた。羽毛の柔らかく大きな枕は、抱きしめると顔が完全に隠れる。

自分の顔を隠しても相手には全て見えているわけだが、それでも恥ずかしさは少し緩和《かんわ》されるものだ。

くす、とレオの笑う気配がする。

「枕なんかじゃなく、俺に抱きついたらどうだ？」

「いいんです……、しばらくは、これで」

レオはそれ以上追及はせずに、懸の体を解すことに専念するようだ。

時折オイルを足しながら、ゆっくりとその部分を広げられる。最初は違和感ばかりが強く、これは本当に彼を受け入れることが出来るのだろうかと不安だった。

だが次第に、レオの指が中で動く度に、自分の体が連動してびくっと震えていることに気づく。

「んっ……、んっ」

びく、びく、と腰が跳ねるのがわかって恥ずかしい。けれど、レオに愛撫されると体が言うことをきいてくれないのだ。

ぎゅうっと枕を両腕に抱いて顔を押し付けていると、不意に枕を奪われた。

「こら、窒息《ちっそく》してしまうぞ」

頬にレオの手が触れる。レオは体温が高いので、いつも熱く感じていたのに、今は少しひんやりとしていた。それは自分の顔が火照っているせいだと気がつく。

心地よくて無意識に頬を擦り寄せると、レオがうっと声をつまらせた。それから、小さく深呼吸をし始める。

「少し我慢してくれ」

そう言うなり、レオは懸の中から指を引き抜いた。懸の脚を開かせて、腰を抱え直す。

時間をかけて広げられた場所に、熱く硬いものが押し当てられる。

「あっ……」

自分の体が、拒むように動いた気配がした。けれど完全に拒絶するより早く、レオのものが中に入ってくる。

下腹を上から押されるような苦しさに、無意識にレオの胸を押し返してしまった。レオは懸の手首を捉えて、更にぐっと腰を押し進めてくる。

「っ……」

「懸、……逃げないでくれ」

懇願《こんがん》する言葉にはっとして、懸は震える腕をレオに伸ばした。

「……逃げたくない、から、抱きしめてくださ――」

全て言い終わる前に、レオの両腕に抱きすくめられる。一気に突き入れられたレオのものに、反射的に息が詰まった。

「あ……」

肌と肌の触れる感触で、隙間なく繋がったのが知れる。どちらからともなく、息を吐いた。

「すまない、痛くないか」

「平気、です」

繋がった部分はじんじんと痺れているし、レオのものを受け入れた腹は苦しいけれど、痛くないのは本当だ。

なによりも、心が満たされている。

誰かと抱き合うのはこれが初めてで、もしかしたら粗相もあったかもしれないけれど、好きな相手と結ばれることがこんなにも嬉しいことだとは思いもしなかった。

レオがほっと息を吐き、懸の首元に顔を埋《うず》める。

「……サダルメリクと一緒にいるのを見たときは、肝《きも》が冷えた」

ぽつりと呟かれたその言葉に、あの男にされたことが蘇る。

首にしばらく居座っていた扼《やく》された痕《あと》は、もう殆ど消えた。だが、首筋や鎖骨に噛みつかれた傷はまだ残っている。

それだけでなく、レオがあの監禁部屋に入ってきたとき、レオの目からは懸は陵辱されたあとのように見えていたらしい。救出されてからレオが血相を変えて医者を呼んだことで、その誤解がわかった。

そういう意味ではなにもされていない、と懸が訴え、医師からもお墨付《すみつ》きをもらって、レオはやっと安心したほどだ。

「愛《いと》しい懸が、俺のせいでと思ったら……申し訳なくて、辛くて」

覆いかぶさっているレオの背中を、ぽんぽんと叩く。

なにもなかったんだからというのは簡単だけれど、だからといって心が晴れるものでもない。

「僕は……こういうことをするのは、その、レオ様が初めてです」

キスをするのもレオが初めてで、当然元の世界にいたときですらしたことがなかった。

「きっと、レオ様が最初で最後です」

「懸……」

強く両腕に抱かれて、口付けられる。苦しいのに嬉しい。そんな感情を抱いたことは今まで一度もなく、不思議な幸福感を味わった。

唇を重ねたまま、ゆっくりとレオが体を揺すり始める。少しだけ戸惑いながらも、懸はレオの背中に手を回した。

「ん、ぅ……」

浅いところを擦られ、慣れた頃合いで深い場所を突かれる。嵌《は》めたまま腰を捏《こ》ねるように回され、時折腰を持ち上げるような動きをされたりする。その度に吐息は漏れるが、本や動画などで見るようには快感を得られることはなかった。

初めてだし、こんなのものなのかもしれない。けれど、素肌が触れ合い、抱かれているだけでじゅうぶん嬉しかった。

――……レオ様は、ちゃんと気持ちいい？

揺さぶられながらじっとその顔を見つめていると、レオが視線に気づいた。

「どうした？　辛いか」

「いえ。……嬉しいなって思って」

素直に感想を伝えると、レオはかっと赤面した。それが可愛らしく見えて、頬が緩む。

「あなたが気持ちいいなら、……っ、嬉しい」

「……そうか」

レオが苦笑したのを見て、内心首を傾げる。そして、今しがた自分の放った科白が「自分はそうでもないけど」という意味合いを含めてしまっていたような気がして焦った。

実際そうなのだが、そういうつもりはなかった。けれど、言い訳をしたら失礼な気がする。

無言で狼狽《ろうばい》していると、レオが髪を撫でてくれた。

「そんな気まずそうな顔をするな。……悪いが、少し待っていてくれ」

「そんな」

いつまででも、レオが満足するまで待つつもりだ。触れ合っているだけで気持ちいいし、それだけで十分幸せだから。

自分のことは気にしないで欲しい――そう思った瞬間、「あっ」という声が口から零れた。

まったく無意識に出てしまった声に、手で口を塞ぐ。

──なに、いまの。

それから数秒遅れて、体の奥に違和感を覚える。

「んっ……」

ぐっと押し入れられた瞬間に、今度は強い感覚が体に走った。

「奥が好きか、懸」

「っ？　え、なに……──あっ」

確かめるようにまた深い部分を突かれ、小さく悲鳴を上げる。ぶるっと腰が震えて、ようやく、自分の体を襲っているものが快感だと知った。

──なに？　これ、こんなの知らない……！

自慰《じい》をしたときとも、レオが性器を撫でてくれたときとも違う、深い快楽に目が眩《くら》む。

本能的に恐怖して逃げ出しそうになった体を、深く抱き込まれた。

困惑している懸の顔を覗き込むレオの金色の瞳が、淡く輝く。食われる、と思った。

「嘘、待って、待ってくださ……！」

レオは懸の腰を抱え、奥を強く突き上げてくる。いつもは壊れ物に触れるように懸を扱うのに、乱暴なくらいの激しさだ。

一番信じがたいのは、そんなに強くされているのに、甘ったるい嬌声《きょうせい》を零している懸自身だった。

「あっ……、あっ、ぅ」

泣き声なのか嬌声なのか判然としない声が溢れて止まらない。ちゅ、と顳顬《こめかみ》にキスをされて、体が震えた。

「待たせて、済まなかったな。退屈だっただろう?」

揶揄《からか》うような、けれど余裕のない上ずった声でレオが笑う。

先程の「待っていてくれ」は、すぐに終わらせるから、という意味ではなかったのかと今になって知る。懸を感じさせ喘がせるまでもう少し時間をくれ、という意味だったのか。

「いや、っあ、やだ」

逃げた体がベッドヘッドにぶつかりそうになり、レオの手がガードしてくれる。けれど逃げる行き先がなくなってしまい、今日はじめて知った弱い箇所を容赦《ようしゃ》なく責め立てられる格好になった。

「あっ、やっ、あぁ……っ」

「懸、っ」

「うゃ……っ!」

不意に軽い力で下腹を押され、内側から走った衝撃に懸は達してしまった。

——え、なんで……?

性器を擦って射精したときとは違う。いつまでも全身に甘ったるい倦怠感《けんたいかん》がまとわりついていて快感が引いていかず、声もなく身を震わせた。

達するのに合わせて動くのをやめてくれていたレオが、ふ、と息を吐いて前髪を掻き上げる。その色っぽさに目を奪われながら呆然としている懸の腹を、レオは優しく撫でた。その掌は、やけどするほど熱い。

「懸、深いところが好きか?」

「あっ……」

達したばかりで敏感な中を、優しく突き上げられる。

「それとも、深く嵌めた根本で浅い部分を圧迫されるのが好きか?」

「あ、ぁっ」

ぐりっと腰を回され、震える声が漏れる。

「どちらだ? 懸」

お前が一番好きなほうで、と言われても、懸にはなにがなんだかわからない。泣きながら頭を振ると、レオの掌がまたへその下あたりに載せられる。

「——あっ! あっ、あ、あ」

質問をしたくせに答えも待たず、レオが腰を穿《うが》つ。軽く下腹を押しながら奥を小刻みに突かれ、自分がどちらで感じているのかなんてわかりようもなかった。

「ふ、ぁ」

ずっと熱が引いていないのに、それでも体の奥からもっと熱いものが湧き上がってくるのが怖い。達しそうだと気づいたときにも、もう数秒の猶予《ゆうよ》もなかった。

「ごめん、なさい、俺また……っ、あぁ……！」

唇を噛み、軽く体を丸めて絶頂をやり過ごす。小刻みに震えている間、レオはやはり動かずに待ってくれていた。

余韻《よいん》がまったく消えないうちに、懸はきつく閉じていた瞼《まぶた》を開く。小さく胸を喘がせながら見上げると、レオが首筋に口づけてきた。

「俺も、いいか？」

限界だと訴えるその声の色っぽさに、体から力が抜けた。

息を乱しながら、懸はこくりと頷く。それを受けて、レオは腰を揺すった。

「あっ……、あっ」

慣れぬ懸に合わせて優しかった腰の動きが、徐々に激しくなっていく。随分我慢してくれていたのだろう、それから程なくして、レオが小さく息を詰めた。

「あっ……！」

深い部分のもっと奥に、熱いものが打ち付けられる。レオのものでも届かなかった場所をくすぐられるような感触に、声もなく身悶《みもだ》えた。

「っ、く……」

詰めていた息を、レオが吐く。ゆるゆると懸の中を味わうように揺らしながら、レオは懸の額を撫でた。

「ん、っ」

それだけで感じてしまうのが、少し恥ずかしい。

すまない、と謝罪の言葉を口にして、レオが自分のものを懸からゆっくり引き抜いた。

初体験がやっと終わる、とほっとしかけ、抜かれたレオのものがまだ大きなままだということに気がついてしまう。

「え、あの」

それどうするんですか、と訊くより早く、体を俯《うつぶ》せに返された。

「腰は上げなくていい。楽にしていてくれ」

「いいえ、そうじゃなくて……あっ」

軽く尻を捲《めく》られたことに気がついたのと同時に、まだ綻《ほころ》んだままだった場所にレオのものが突き入れられた。

「嘘……っ、あ、やだ……っ、そこいや……！」

上から打ち付けられるように擦られる場所に、信じられないくらい感じるところがある。先程「圧迫されるのが好きか」と訊かれた場所だろうか。

与えられる刺激は強烈で、無意識に体が逃げを打った。

「や、あ、あっ」

抵抗したいのに、両肩を真上から押さえつけられていて身動きがまったく取れない。武道の経験者ならば本気を出せば寝技くらい外せるだろうと、頭の隅で指摘する声があるのだが、外そうとしても快感に阻《はば》まれて力が入らないのだ。

「あっ、あぁっ、ん……っ」

頭が真っ白になり、みっともないくらい喘ぎ声をあげてしまっている。

目がチカチカしてきて、また終わりが近いことを悟った。

「駄目、だめです……いやっ、やだ、あ、あー……っ」

駄目だと言っているのに止まってくれないレオに、堪える間もなく幾度目かの絶頂をさせられる。軽く背を反らし、びくびくと腰が震えた。

だが、達している最中の敏感な内側を、レオは容赦なく穿ってくる。ごりごりと硬いもので責め立てられて、声にならない悲鳴を上げた。

「っ？　うそ、やだ、や……！　やめて……っ」

脚をばたつかせて本気で抵抗しても、跳ね除けられない。

突かれる度に、性器から間欠的に雫が溢れる。肩を押さえつけるレオの腕を叩くが、外してくれる気配がない。快感も過ぎれば苦しいだなんて、思いもしなかった。ぱたりとシーツの上に手が落ち、啜《すす》り泣《な》く。

「……もう無理、むり……っ、や、あっ、あぁぁ」

「懸……っ」

耳元で名前を呼ばれているのはわかったが、喘いでいて返事をする余裕がない。

懸、懸、とレオが何度も呼ぶ。

「このまま孕《はら》ませて、しまいたい……」

「っ……！」

熱っぽい口調でとんでもないことを言われ、自分でも驚くくらいぞくぞくと体が震えた。まるでそうして欲しいと願うように、懸の体はレオのものを締め付ける。

理性が完全に吹っ飛び、揺すられながら、うん、うん、と何度も頷いた。

いい、と上ずった声で喘いだら、ひときわ強く突かれる。その衝撃の強さに、ひ、と息を呑んだ。

「いいのか……？　本当に？」

「う、ん……やだ、だめ、……っ、して」

支離滅裂な嬌声を零して、懸は嗚咽する。レオは焦《じ》れたように覆いかぶさってきた。

「懸、いいのか」

背中に、レオの肌の熱さを感じて、このまま溶けてしまうかと思った。懸、と急《せ》かされるように突き上げられながら呼ばれ、わけもわからないまま頷く。

「いいです、いい、から……っ」

小さく叫んだのと同時に、重なるレオが息を詰めたのがわかった。

「……っ、……」

中に出された瞬間、息が出来ないくらいの快楽に、体から力が抜ける。失神はしておらず、意識はあるのに体が動かない。

「っ、懸」

レオは達しながら、力の抜けた懸の体をゆるゆると揺すっていた。

びく、びく、と腰が痙攣する。繋がったまま体を表に返され、キスをされた。その瞬間に、浅くなりすぎていた呼吸が戻ってきて懸は咳き込む。心配そうに顔を覗き込んでくるレオと目が合い、そのままなんとなく瞼を伏せたら「懸！」と焦った様子で名前を叫ばれた。

「……起きてますよ」

重い目をどうにか開けて言うと、レオはほっと息を吐いた。それから、叱《しか》られた子供のような情けない顔になる。

「すまん……途中で、少し理性が飛んだ」

「……いえ、大丈夫です。全然」

それはちょっと嘘だった。体力には自信があったが、すぐには体を動かせそうにない。

「ごめん……」

レオはしゅんとした顔をして、懸を抱っこしてくれる。

——……そういえば、ライオンってHが長いんだっけ……？

彼のあの姿をライオンと同一視していいものかはわからないし、人間の姿のレオにもその習性が適応されるかはわからないが。

ライオンは人間と同様に発情期がなく、交尾をするときは食事も取らずに何日もし続ける、という話を聞いたことがある。

ちらりと肩越しに背後のレオを振り返る。

「どうした？　具合が悪いか？　水を用意するか？」

もしかしたら、出来ることならそうしたいという願望がレオにもあったりするのだろうか。

だが迂闊《うかつ》にそんなことを訊ね、そのとおりだと言われても困ってしまうので、懸は「水ほしいです」と返した。

アルレシャ特製の水をなんとも言えない気持ちで飲んでいると、レオが「大丈夫か、本当に」と重ねて問うてくる。

「大丈夫ですよ、僕、頑丈なので」

少し休んだら倦怠感《けんたいかん》も取れてきたし、若干《じゃっかん》腰や股関節は痛いものの概《おおむ》ね平気だ。だが、レオはしょんぼりとしたままだ。

懸は苦笑して、レオの頬を撫でる。そのままこちらへ引き寄せて、唇の端に軽くキスをした。

「心配しなくても、僕はあなたが好きですから」

なにをされても平気なのだとそう伝えたら、レオはかっと頬を赤くした。先程までもっとすごいあれやこれやをしていたとは思えないような態度に、つい笑ってしまう。

ばつの悪そうな顔をしながら、レオも微笑んだ。

「……キスで魔法が解けるんだったか？」

言いながら、レオが口づけを返してくれる。

「お伽噺の中のことですよ」

本当に誤解しているわけでもないだろうが、恐らく気に入っているであろうそのエピソードを口にしてレオが笑う。

「キスで魔法が解けるなら、抱き合ったらどうなる？」

「……そういえば、どうなるんでしょう」

地球の現代のお伽噺はあくまで子供向けなので、キス以上のことは当然描かれていない。自分たちのことに当てはめるならば、羽衣《はごろも》伝説や浦島太郎などの異類婚姻譚《こんいんたん》が当てはまるのかもしれないが、よく考えれば大概《たいがい》が悲劇である。

「子供が出来たり、正体が知られたりすると、元の世界に帰っちゃう話が多いかも知れません」

「なんだって⁉」

あくまでお伽噺の話として話したはずが、想像以上にレオが驚いたので懸もびっくりしてしまう。

「いえ、それはあくまであちらの物語上のことで……招聘人を帰す魔法はないんですよね？」

一応確かめてみると、レオも冷静さを取り戻したのか落ち着いた様子で「……そうだな」と頷いた。

「それに、物語では自分の意志で元の世界に帰るんですよ」

笑ってそう執り成したが、レオは表情を曇らせた。

「……帰りたいだろう、本当は」

本当は懸の意志に関わらず帰るという選択肢はない。だからこれは仮定の話だ。

確かに、心残りはある。家族に別れの挨拶《あいさつ》もできなかったし、そろそろ中間テストの時期でもあった。新人戦も近づいていて、体重の調整がうまくいかない生徒や、スランプ気味の生徒もいて、あの日の放課後には乱取りに付き合う予定だった。

けれど、もう戻れないとわかっている。それに、こちらの世界にも馴染んできて、自分の役割も与えてもらっていて、そして好きな人もできた。

「帰れるものなら、そうですね」

懸の言葉に、レオはほんの微かな落胆《らくたん》の表情になる。

「でも、全ての心残りを片付けたら、やっぱりここに戻ってきたくなると思うんです。……あなたのところに」

「懸」

「あなたをひとりにしたくないし……僕ももう、あなたと一緒に生きていたいから」

そう笑いかけると、両腕で抱き竦められる。懸も同じように抱き返すと、懸を抱く腕の力が少し強くなった。


新たな王となったレオだったが、相変わらずの多忙さで日々は進んでいる。

王としての仕事、北方領主としての仕事を抱えれば当然だろう。ひとまず北方領主として、亜人の奴隷制の撤廃《てっぱい》を掲《かか》げたが、他領からの反発が凄まじく、会議の数が以前の数倍にも増えた。

だが問題提起をしたことで物事は前進しはじめている。そのことがレオには嬉しいらしく、どれほど多忙を極めていても疲れは感じていないようだ。

「……疲れた……」

昼餉《ひるげ》の時間に合わせて逃げるように神殿から戻ってきたレオは、北方領の城にある中庭にごろりと転がる。

懸はお疲れさまでした、と笑い、お弁当を広げた。

「またお布施《ふせ》を押し付けられそうになったんですか？」

「俺は神じゃないと言っているのに、まったく聞く気がないんだ」

レオが有翼の獅子の姿になれることで、獅子を神の使いだと崇める国の遣いから、それこそ神のように尊ばれてしまっている。

当初はレオもサービス精神を見せ、賓客に請《こ》われるまま変化《へんげ》しその姿を披露《ひろう》していたが、きりがないので祭祀《さいし》などの場合に限定することにした。それでも、レオをひと目見ようという国使は多く、人間の姿のままでも拝んでいく。

彼らの国の一般市民も、せめて城をひと目でも、と行商がてらやってくるようになった。

「いいことだと思いますよ。今日いらしたところは紡績《ぼうせき》の盛んなお国柄《くにがら》のようですし」

観光業が儲《もう》かる、というのはどこの世界でも同じのようで、国としての財政が潤《うるお》いはじめていることで文句を引っ込めた貴族や商人も多い。勿論、陰ではどう言われているかはわからないが。

「うまく行けば友好国になれるかもしれませんよ」

「……そうかもしれないが」

サダルメリクの影響もあり、常《つね》に白眼視されてきた立場のレオは、ここにきてのお祭り騒ぎに調子を狂わされているようだ。

レオが常に控えめにひっそりと生きてきたのは、サダルメリクのことばかりが理由ではない。彼は幼い頃から、母親に「目立ってはいけない」と言い含められていたそうだ。

レオの母に同じ能力はなかったそうなのだが、レオのように獣化する特殊な人種の血脈だったのだという。その血筋には、時折レオと同様獣化する個体が現れる。先代の王も、そのことは把握《はあく》していたようだ。

だが、懸としては、自分が愛し領民からも愛されるレオが他国の人にも好かれることは、とても嬉しい出来事だった。

「まあでも、お疲れさまです」

どうぞ、と瓶に入った水を渡すと、レオは小さく息をついてそれを一気飲みした。

「懸のほうはどうだ?」

「そうですね……できれば、北方領だけでなく、国全体に『学校』を広めたいですが」

学校制度を広めること自体は、他の領でも特に反論はなかった。だが、そこに「亜人も平等に通わせる」という提案については、東方、南方からも待ったがかかったのだ。東と南は、西ほどの迫害意識がないというだけで、あくまで「動産」として扱っているのであり、子女と学び舎《や》を同じくする存在ではない、という。

——亜人のみの学校を作る、ということにも難色を示されているし、亜人のみの学校では、目指す「平等」とは違っている……。

先んずるは亜人差別の解決であり、その問題がある以上、全土での実現には時間がかかりそうだ。ひとまずは北方領のみに寺子屋のようなものを作り、他領との差別化をはかるのがいいだろうかと考えているところだ。

読み書きと計算が出来るだけで、この世界では随分と有利に働く。それは「指示が通る」、つまり仕事の効率化と同義であるし、差別の一端を担《にな》うのは、教育の有無やその国での常識・ルールなどを守れているかどうかということにもある。

「……時間はかかりそうですが、頑張ります」

「ああ」

髪を撫でられて微笑みかけ、はっとする。

中庭には、昼食や昼休憩を取りに来ているレオの臣下たちがいるのだ。大人は見ないふりをしてくれているが、子供たちは好奇心に目をきらきらとさせながらこちらを見ていた。

慌ててほんの少し距離を取ると、レオが「今更」と笑う。

「けじめの問題です」

「わかったわかった」

たとえ、全員に関係性を知られていようと、あからさまにべたべたとくっつくのはどうかと思うのだ。それは本音でもあるが建前でもあり、とにかく恥ずかしくていたたまれなくなる。

そんな懸の事情もわかっているので、レオも意地悪は言わずに深くつっこんでこなかった。

「そういえば、学校ではあれは教えないのか」

「あれ？」

「体術……じゃなくて、ジュウドウ？」

「あー……」

サダルメリクを小内刈で引き倒し、裸絞《はだかじめ》で失神させたときのことがレオはずっと気になっていたらしく、後に「あれはなんだったんだ？　体術を使えるのか？」と訊かれた。

それで、あれは「柔道」という懸の世界での武道であり、自分はそれを少し嗜《たしな》んでいた、と説明した。

懸は小学校から高校まで柔道の経験があり、それもあって教職につくなり問答無用で柔道部の顧問を押し付けられてしまったのだ。

大学では一切やっていなかったのでもう「経験者」でしかなく、あまり大きなことは言えない。

だがレオは懸が自分より大きな亜人たちをひょいひょいと投げること、投げられた側があまり痛がらないといったことで俄然《がぜん》興味をもってしまった。

「……実践的かと言われると、微妙ですから。やらないよりはと思いますが」

正直なところ、十年もやっていたので普通の人よりは強いだろうという自覚はあった。

だが、相手を殺しに来るような攻撃と武道とでは、やはり違う。ある程度護身にはなるが、攻撃力は高いとは言えない。

サダルメリクを押しのけられなかったのもそうで、殺意をもって襲われれば身が竦むものだと思い知った。

そんな懸の言葉に、レオは首を傾げた。

「やらないよりはやるべきだろう？　まあ、お前に負担をかけてしまうから無理にとは言わないが……」

「――かけるせんせえー！」

どう答えればいいかと逡巡《しゅんじゅん》しているところに、可愛らしい声が割って入ってきた。

手をつないでやってきたのはリリとプロキオン、そしてアルレシャの息子のアルファーグだ。

彼らの後ろにはアルレシャがいて、ぺこりと頭を下げる。

アルファーグはひと目でアルレシャの子とわかる、美しい顔立ちの有翼人で、金色の髪と緑色の目も相まって本当に天使のようだ。

年の近いリリたちと仲良くなったらしく、よく一緒に遊んでいる。その後ろ、アルレシャが心配そうについて回っているのもよく目にしていた。

「こら、走っちゃ駄目だよ。まだ、体は完全によくなったわけじゃないんだからね」

「はぁーい。あのね、せんせい、これみつけたのー。あげるー」

そう言って彼がくれたのは、どんぐりに似た帽子つきの木の実だ。

「わあ可愛い。ありがとう、三人とも」

三人は顔を見合わせて照れ笑いし、仲良く去っていく。可愛いなあ、とその背中を見送りながら、ちらりとレオを見た。

「ん？　どうした」

「いえ……」

レオとアルレシャは結婚するものだと思っていた、だなんて言っていたのは子供たちだが、実際のところ、本人たちはどう思っていたのだろうか。

――でも、そんなこと訊けるわけがない……。

その代わりに、もうひとつ気になっていたことを口にした。

「アルレシャさんの奥さんって、どうされたんですかね」

一度もその存在を見たことがないし、誰もそれについて懸に教えてくれたことはない。先のサダルメリクの攻撃によって、もしかしたら不幸なことになってしまったのだろうかと思うと、どうしても訊くことがはばかられた。

何気なく訊いたその質問に、レオがなんとも言い難《がた》い表情をした。何故そんな顔をされるのかもわからず、首を傾げる。

「なんですか？」

「いや……あいつは結婚もしていないし、番《つが》った相手もいないと思うが……」

「え？　じゃあアルファーグくんのお母さんは誰なんです？」

懸の問いに、レオは益々困惑の表情になる。

「お母さんもなにも……、アルファーグを産んだのはアルレシャだろう？」

「えっ？」

え、ともう一度言って既に随分と離れた場所にいるアルレシャの背中を見て、そして再びレオを見る。

「……えっ？」

「え、って……どういうつもりでサダルメリクに協力せざるを得なかったっていう話を聞いていたんだ、懸」

「え、だからそれは、お子さんを盾《たて》にとられて……病院にかかれなくて、それで」

「だからもし、アルレシャに奥方やアルファーグを産んだ相手がいたとして、何故その赤子が他領にいるんだ」

それは、北方領には医師がおらず、西方領で診てもらうしか選択肢がなかったからでは、と認識していた。そして、西方領で家庭をもったからだと。

「いや、そもそもアルレシャさん、男性ですよね？」

「そうだが？」

そうだが、って、と懸は混乱する。

――……えっと、あれかな。タツノオトシゴみたいに、亜人の人には育児嚢《いくじのう》があるとかそういう……いや、それなら受精卵が出来てないと駄目だよね⁉　男同士で受精卵をどうやって作るんですか⁉

色々と考えてみたが、やはりこの世界では男性同士でも子供が作れる、ということなのだろうか。だがこちらの世界に呼びだされたばかりの頃、神殿で「大きな違いをお教えします」と言われたが、そんな話は聞いていない。

同性同士で生殖出来るのは、大きな違いだと思います。と、そんな文句を今更言ってもしょうがない。地球とこちらの差異を全て把握《はあく》しているわけではないだろうし、前回の招聘人の召喚から間もだいぶ開いている。

色々と考えながら、ふと嫌なことに思い至ってしまった。

――……じゃあ、父親は誰なんだ？

レオは、アルレシャの妊娠を知らなかった。アルレシャに子供がいたことに心底驚いていたほどだ。

レオではない、というだけではなく、サダルメリクの科白が思い出され、不快感に肌が粟立《あわだ》つ。あの男は、アルレシャになにをしたと言っていた――？

「懸？」

黙り込んだ懸に、レオが怪訝そうに呼びかける。

もうサダルメリクは罰せられ、アルレシャ親子は幸せに暮らし始めている。今更過去のことを穿《ほじく》り返《かえ》して不快感を覚えるのは傲慢《ごうまん》な気がして飲み込んだ。

「いえ……ちょっと、学校を作るのが不安になってきたというか……」

生物と保健体育で行き詰まりそうな新事実に、驚きが隠せない。

同性同士の恋愛に寛容な世界なのだとばかり思っていたが、そもそも同性も異性もあまり隔《へだ》たりがない世界だったのだ。道理で、同性同士のカップルを城内でよく見かけたし、子供たちが無邪気に「結婚するの？」と訊いてきたはずだ。

レオに、懸との結婚に葛藤《かっとう》がなかったのも、ようやく合点がいった。ただリベラルな価値観の持ち主だということではなく、この世界では本当にそういう意味での葛藤がないのだ。

——待って。……て、ことは。

レオは、懸を抱いている際、興奮すると俺の子を産んでくれ、というようなことを言ってくる。それは単に、雰囲気を盛り上げるための少々卑猥《ひわい》な言葉責めのようなものだと思っていた。

——だ、だから、いつも受け入れてたけど……えっ、あれって……そういうことなの？

そもそも、異世界から来た自分がこちらの男性たちと同じ体の構造に変化しているのかはわからない。構造そのものが違うのか、構造は一緒で魔法でどうにかしているのか。

けれどレオはそういうつもりでしていたということで、本気の子作りだったことも恥ずかしければ、言葉責めだと思って勝手に盛り上がっていた自分も恥ずかしく、もはやなにに羞恥を覚えればいいのかもわからず、懸は赤面する。

突然真っ赤になった懸に、レオはぎょっとした。

「どうした、懸⁉ 具合でも悪いのか！」

両肩を摑んで問われ、懸は口元を押さえて首を振る。こんな恥ずかしい自分を見ないでほしい。レオはそんな懸の様子を見てなにかを察したように微かに瞠目し、ちらりと懸の腹に視線を移す。

「ちが、違います……っ！」

混乱しすぎて、懸は思い切りレオを突き飛ばしてしまった。

「違いますから！」

仰向《あおむ》けに転がり、目をぱちぱちと瞬いているレオを置いて、懸は脱兎《だっと》の如《ごと》く逃げ出す。人気《ひとけ》のない廊下の隅っこにしゃがみ込んだ。

「く……故郷に帰りたい……」

結ばれた後に故郷へ帰ったら、以前レオに否定した異類婚姻譚のセオリーを踏襲《とうしゅう》してしまう。自分でも自覚していなかった恥部を暴かれてしまったようで、心底居《い》た堪《たま》れない。

もっとも、鶴の恩返しなどの結ばれた後に故郷へ帰ってしまう異類婚姻譚では、別に夫や妻に正体を知られたことが恥ずかしくて帰ってしまったわけではないが。

——……今までの招聘人の人たちって、どうしてたんだろう。

勿論女性と結婚したり、終生独身で過ごしたりした人もいるだろうが、男性と結婚した人もいたのではないだろうか。

ばたばたしていたのでまだ閲覧《えつらん》していなかったが、神殿には過去の招聘人たちの記録があると聞いている。亜人たちへの考え方や、齎《もたら》したもの、価値観の違い、その人生をどう終えたのかなど、気になることは色々あったのだが、目下《もっか》「生殖《せいしょく》」についてが知りたくなってしまった。

――そもそも、そんなプライベートなこと書いてたりするものかなぁ……？　それともこんな悩みを持ったの僕だけとか……？　あぁ……。

廊下で膝を抱えていたら、リリとプロキオン、アルファーグがぴょこんと顔を出した。

「せんせー、かくれんぼ？」

「ううん、反省中……」

反省中とも違うかもしれないが、そう返して息を吐く。

この中では最年長のプロキオンが「具合悪い？」と心配してくれた。アルファーグはこてんと首を傾げて「いたい？」と言いながら、懸の腰をぽんぽんと叩いてくれた。

「ううん、平気ですよ。元気元気」

そう笑うと、三人は顔を見合わせ、そして懸のほうを向いた。

「せんせい、レオ様のこどもうむの？」

無邪気にそう訊いてきたリリに、懸は膝を抱えたまま倒れそうになる。プロキオンが「あ、ばかっ」と焦り、人差し指を立てて「しいっ」と咎めた。

「そういうことはきいちゃだめなんだぞ！　プレッシャーになるし、タイミングがあるんだって！」

違う、そうじゃない、と思うのだが、否定をする気力が湧いてこない。

リリは可愛らしい手をぱちんとたたき「あ、わかったー！」と目を輝かせる。

「けっこんしきがさきだよね！　せんせ、いつけっこんする？」

レオと話を詰めてすらいないが、まあまあ現実的になってしまったことを訊かれ、懸は答えようもなく「いつだろうね」と笑うしかなかった。

せんせぇ…っ!

次のあなたへ

Tsugi no anata e

「こちらへどうぞ。文殿にあるものは、どれでもご自由にご覧になってください」

「ありがとうございます」

神官ににこやかに促《うなが》され、懸《かける》は礼を言って頭を下げた。傍《かたわ》らのレオも、軽く礼をする。

懸とレオは、今朝《けさ》北方領の城を発《た》ち、神殿へと出向いた。目的は読書ではなく、文殿《ふどの》——書庫に所蔵されている、招聘人《しょうへいじん》関連の書物の閲覧《えつらん》のためである。

——すごいな、学校図書館より広いかもしれない。

この世界では紙はまだ希少であり、書物の存在自体が少ないようなのだが、それでも神殿の書庫は懸が勤務していた公立高校の図書館よりも規模が大きい。もっとも、羊皮紙などで作られた書物一冊がページ数の割に厚いという事情もあるのかもしれない。

書籍は希少で様々な側面から価値が高いため、書庫は常に閉架式《へいかしき》であるそうだ。それは王侯貴族でも例外ではないそうなのだが、招聘人だけは特例とされていて、神殿に問い合わせたところ二つ返事で閲覧を許可された。

——本当に、「招聘人」って特権階級なんだな……。

神官は書庫の奥にある大きな鍵《かぎ》付きの書棚の前に懸たちを案内し、それを解錠《かいじょう》する。観音開きの扉が開くと、中には本や冊子だけではなく、恐らく当時の「招聘人」たちの私物も所蔵されていた。

「歴代の招聘人様に関するものはこちらにまとめて保管されています。こちらは、ご本人ではなく、研究者や関わりのあった、あるいはその子孫の王侯貴族などがしたためたり、集めたりした関連の書物などです」

そう言いながら、神官は隣の書棚を指す。そちらは施錠《せじょう》されてはいないが、他の書棚に比べても丈夫《じょうぶ》でお金のかかっていそうな棚に所蔵されていた。

「特に閲覧時間に制限はございません。お帰りの際は扉前の者にお声がけください。では」

「あ、はい。ありがとうございました」

神官は腰を折り、静かに去っていく。

懸とレオは顔を見合わせ、それから棚に目をやった。

「レオ様も、これらを見るのは初めてですか？」

「ああ……なかなか見られるものではないからな。一般公開もされていないし、招聘人という存在自体が伝説のように思われているときもある」

「でも魔布って元は招聘人が作ったんでしょう？」

「そういう言い伝えだし皆そういう認識ではあるが、実際見た者がいるわけではないから本当のところはわからない、のような感じだな」

――あれかな、中大兄皇子《なかのおおえのおうじ》が日本で最初に時計を作った、みたいなそういうレベルの扱《あつか》い……？

神殿の仕事に従事する者はともかく、王侯貴族も含めて一般的には「昔のこと過ぎて、偉《い》業《ぎょう》が真実なのか伝説なのかもう誰もわからない」のような扱いになりつつあったのかもしれない。

じっとレオの美貌《びぼう》を眺めていたら、ふと彼が目を細めた。そして、優しく懸の頭を撫《な》でる。

「なにかわかるといいが、なにもわからなくても、懸は気にすることなどない」

レオのフォローに、懸は苦笑する。けれど優しい彼の言葉は素直に嬉しかった。

「はいそうですね、とは言えないですけど……でも、なにかわかるといいな、と思います」

そう言うと、レオはもう一度懸を撫でた。

発端は、懸とレオの「結婚」の話が正式に持ち上がりかけたことだった。

レオが無事に王となり、その前後から二人の仲は殆《ほとん》ど暗黙の了解というか、公認のようなものになった。

「——俺と結婚してほしい」

戴冠式《たいかんしき》の後から徐々に公務が忙しくなり、激務続きとなった二人は恋人らしい触れ合いがあまりできずにいた。

やっと早めの時間帯に二人きりの時間が取れたその日、自室のソファで歓談している最中にそうプロポーズされ——懸はすぐに頷くことができなかった。

懸の反応はレオにとっては意外なものだったのだろう、彼は非常に困惑した表情になった。

確かに、レオのことは好きだ。今では公私ともに大切なパートナーだとは思っている。

現代日本や地球上でも同性カップルのパートナーシップの話や同性婚の話題などは目にしていたし、外国の王族の同性婚などのニュースも目にしていたが、流石《さすが》に怯《ひる》んでしまった。

「どうしてだ？　なにが気にかかっている？　不安があるなら言って欲しい」

俺のことを愛していないのか、と言われなかったことに、懸は胸を撫で下ろした。懸の愛情を疑っているわけではない、というのをレオが示してくれたからだ。

「……お世継ぎの問題があります」

懸の言葉に、レオは怪訝《けげん》な顔をした。

この世界では同性同士でも当たり前に結婚する。それは、同性同士でも子供ができるからだ。城の皆は、子供も含めて「性別に関係なく子供が産める」と言うけれど、それはあくまでこちらの人間や亜人《あじん》の話であって、異世界人の懸は、見た目は一緒でも本当にこちらの人間と同じかはわからない。魔法だって使えないのだ。

——そんな悩みを吐露《とろ》したところで「人間なんだから大丈夫だって」、なんて全然大丈夫じゃなさそうなフォローが入るだけだし……。

けれど今のやり取りを振り返って、レオを傷つけてしまった、と自己嫌悪に陥《おちい》った。

折角《せっかく》のプロポーズを断った懸に、レオは怒っただろうか。自分は彼を悲しませてしまっただろうか。呆れられただろうか、嫌われただろうか——そんなマイナス思考にぐるぐると陥《おちい》り始《はじ》めたとき、レオがふむと頷いた。

「そもそも、我が国は血縁による世襲制ではないとか、仮に俺の子が領主を継いだとしても、親の遺志《いし》を受け継ぐ子だと保証されるかどうかはわからないとか、言いたいことは色々あるが……、確か男性の招聘人が出産したという記録があったはずだ」

「えっ⁉」

それこそただの言い伝えではなく？　と思ったのが顔に出たのかもしれない、レオは苦笑して懸の頭を撫でた。

「北方の侯爵家がその傍系《ぼうけい》と言われているな。神殿で招聘人に関する文献《ぶんけん》を読んでみよう。明朝、神殿に書庫の閲覧許可を求めに遣《つか》いを出す」

そういえば、資料が神殿にあるという話は聞いていたが、トラブルなども頻発《ひんぱつ》していたせいですっかり忘れていた。

「ありがとうございま——」

礼は言い終わらないうちに、レオからの不意打ちのキスで遮《さえぎ》られる。啄《ついば》むような口づけをしたレオは、優しく懸の頰に触れた。

「もし仮に、子供ができなかったとしても問題はない。俺は、懸と添《そ》い遂《と》げられれば、それで充分幸せなのだから」

耳に心地の良い低い声で口説《くど》かれて頬が一瞬で熱くなる。

「求婚の返事は、懸が納得したらでいい。……ただ、あまりお預けをされると、飢《う》えてしまうから覚悟しておくように」

その科白《セリフ》にちょっと淫《みだ》らな雰囲気を感じてしまった懸こそが、いやらしいのだろうか。意味深なことを言ったレオは、更に真っ赤になって硬直した懸をソファの上に押し倒して嫣然《えんぜん》と微笑《ほほえ》んだ。


そんな数日前の遣《や》り取《と》りを思い出して赤面しつつ、懸は書棚に歩み寄った。現代人の懸には見慣れた、けれどどこの世界の人にとっては恐らく用途すらわからないであろうものが沢山残されている。

二つ折りの携帯電話、スマートフォン、眼鏡《めがね》、ヘッドホン、恐らく高校の制服、スーツ、作業着、財布と貨幣《かへい》、雑誌など、個別にわけられて置かれていた。

「……僕が死んだら、僕の持ち物はここに収められるんですかね?」

当然浮かんだ疑問を口にしたら、背後に控《ひか》えていたレオに唐突に抱きしめられた。びっくりして振り返ると、レオは悲しげな顔をしている。

「縁起でもないことを言うな」

拗《す》ねたような塞《ふさ》いだ声で言われて、懸は少々焦《あせ》る。

「いえ、今すぐってことじゃなくて、将来的に……」

「それでもだ。遠い日の話でも、懸が儚《はかな》くなる仮定など聞きたくない」

懸は苦笑し、しっかりと抱き寄せてくるレオの腕を、ぽんぽんと叩いた。

「すみません。心も体も丈夫なので、大丈夫ですよ。なんなら、レオ様より長生きするかもしれませんし」

母方が長寿《ちょうじゅ》の家系なんです、と言えば、レオは微《かす》かに笑って腕をほどいた。納得してくれたわけでもなさそうだが、懸の気概《きがい》は伝わったのだろう。

名前の付記されていない区画に、冊子が沢山積んであった。そのうち、一番上に置かれていた、比較的新しい革のカバーがかけられたものを手にとってみる。

「――――！」

『次の招聘人のあなたへ』

年月を感じる焼けた中表紙に手書きで書かれていた日本語を見て、思わず息を呑んだ。

「なんて書いてあるんだ……？」

ひらがなはどうにか読めるものの漢字はわからないレオが、不思議そうに呟く。懸は返事をするのも忘れて、ページを捲《めく》った。

『はじめまして、招聘人の皆さん。僕は第六十八代国王ジェミニの代に招聘された、山口大輔《やまぐちだいすけ》です』

そんな書き出しで始まった本には、それを書き始めた招聘人——山口氏の自己紹介が書かれていた。

氏名、現在は誰の治世なのかに始まり、西暦と元号で記された生年月日、現在の年齢、こちらに呼ばれる前の住所、職業、自分は何代目とされているのか、などが認《したた》められている。

「……レオ様って、何代目の王になるのでしたっけ」

「俺は百二十六代だな」

まさかの三桁《けた》、と驚く。では筆者の時代はいつなのかと訊《き》くと、およそ千年前であるとのことだった。冊子は経年劣化《れっか》によって薄茶色にはなっていたが、保存状態がとてもよく、千年経過しているとは到底思えなかった。恐らくカバーだけ、何度か替えられているのだろう。

読み進めると、山口氏の前にも数人、存在の確認できる招聘人はいたようだ。だが、本人の記録は殆どなく、ほぼ言い伝えになりつつあって不便であったので、次代に情報を残そうと思った、とこの冊子を作った動機が書かれている。

『この冊子は名簿のように使って、あとはそれぞれ個別にノートでも作って、いつか来る招聘人にあてる日記や業務連絡、情報共有のようなつもりで書いてみてください。勿論《もちろん》強制ではないので、書かなくても大丈夫です。でも名簿には書いてくれると嬉しいです』

この冊子の下に重なるように置かれているのは、山口氏の提案どおり招聘人が各々《おのおの》で書いたノートなのだろう。そちらは大学ノートなども混ざっている。

前書きのページをめくると、山口氏の前にいたとされた招聘人の名前とプロフィール、彼らが遺《のこ》したとされる功績などが簡単に、というよりわかる範囲で書かれている。すべて山口氏の筆跡で書かれていた。

――宮大工に、助産師、税理士か……。そして山口さんは、行政書士か。

それから改めて、隣のページに山口氏のプロフィールが記載されている。ただ当然だが、没《ぼっ》年《ねん》だけは別の筆跡になっていた。更にページをめくると、今度は筆跡が違う、別の招聘人のプロフィールが山口氏のフォーマットによせて書かれていた。その次は七十五代まで飛ぶ。年数で言うと、七十年ほどあとだ。

――先代のことを覚えている人がまだいてもおかしくないタイミングだ。

それからページを捲り続けると、字を重ね書きしたようなページがあり、次の招聘人が「次の人は油性か、インクで書いてください！　水性ボールペンや色ペンは時間が経《た》つと消えます！」と注意事項を付記していたのがちょっとおかしかった。

名簿を読んでわかったのは、男女比は圧倒的に男性が多いことと、元の国籍は殆どが日本であること、やはりこちらの時間とあちらの時間の経過はリンクしていないということだ。平成生まれの人が亡くなった三十年後に、昭和生まれの人が二十代でやってきた記録がある。遺品の中で懸にもなにかわからない物があったが、それは昭和生まれの人がこちらに持ってきたM

Dという音楽を聴くためのカートリッジだそうだ。

——僕は今の所、一番新しい時代から来たみたいだ。記録上、一番古いのは大正生まれの人か……。

その冊子を置き、歴代の招聘人の個人ノートを手に取ってみる。内容も分量も、人によってまちまちだ。

けれど、共通していることも色々ある。「招聘人あるある」として書かれていることは、どれも共感できた。やはり亜人への扱いはいつの時代もひどいようで、時の王や神殿に虐待《ぎゃくたい》はやめてほしいと懇願《こんがん》した、という記録が多い。

——でも、皆がお願いするっていうのは……その代では多少改善されても続かないのだろうな。あるいは、まったく聞き入れてもらえないか。

ほぼ全部日本語だが、英語で書かれたものもいくつか混ざっている。そして、英語に明るい招聘人によるものか、それらの和訳版もきちんとあった。

——ああ、やっぱり。文字を広めたのは英語話者の先生なのか。

と言っても、ノートを遺した人の中にはおらず、山口氏よりずっと前の招聘人のようだ。山口氏の時代には既に、この世界の人間による記録は英文に似たもので筆記されていたらしい。

それらは先人たちの日記のようでもあり、手紙のようでもあり、つい読み耽《ふけ》ってしまう。

——……あ、『ダイチ』さん?

残されたものの中で特に厚く、革のカバーが掛けられているものは、表紙に「渡邊大地《わたなべだいち》」と書かれていた。

魔布製作者のダイチは、元は東京でSEをしていた男性だという。昭和生まれで、招聘当時は二十五歳、西暦でいうと二〇〇〇年代の前半のころだという。真夜中の作業中に、こちらの世界にやってきたそうだ。

もしかしたらと急いでページをめくると、予想したものが記載されているページに行き当たる。

——あった！　魔布の作り、方……。

恐らくダイチが記していたであろう部分は、墨《すみ》で真っ黒に塗《ぬ》りつぶされていた。別の筆跡で、「ダイチの死後に悪用されたため、検閲を行った」と日本語で付記してある。

——悪用って、誰が……。

別の代の王か、それとも招聘人がしたのか。それはわからないが、今は神殿と神官によって厳重に管理され、少なくとも招聘人でさえ、魔布の製造方法を知るのは難しいようだ。

正直がっかりしたが、危険と紙一重《かみひとえ》で便利なものなので、仕方がないかという諦《あきら》めもある。

拍子抜けしながらページをめくるとダイチによる「招聘人あるある」がまとめられていた。

「亜人の扱いの悪さにドン引きし、改善しようと頑張るけどうまくいった例《ためし》はない。でも招聘人が慈悲深《じひぶか》いって思われてて後世まで伝わっちゃってる。慈悲とかじゃねえだろ常識的に考えて」という記載には深く頷いてしまった。

――「結局王様、もしくはその腹心と結婚しがち」……、ま、まさに僕もだけど……。はからずもパターンを踏襲《とうしゅう》してしまっていて、少々赤面する。

その流れで書かれていた次の項目に、懸は思わず目を瞠《みは》った。

『恐ろしいことに、この世界は男でも妊娠《にんしん》できるぞ！』

そんな大題をつけたページに、視線が釘付《くぎづ》けになる。

『人間と亜人は、男女問わず妊娠できるらしい。な……何を言っているのかわからねーと思うが、おれも何をされたのかわからなかった……。どういう世界なのマジで。BLにそういうジャンルあんの？　男性妊娠とかいうの？　わからん。妹によく聞いとくべきだった』

BLってなんだろう、と思いながらも読み進めると、もうひとつ驚くことが書いてある。驚くことではあったが、それはまさに自分が知りたかったことだ。

『こっちの世界の人間だけの話だろ、と思って油断してるとマジで子供できるからな。妊娠したくないなら男でも避妊はしっかりしとけ。痛みで死ぬぞ。いや死ななかったけど、場合によっては死ぬからな』

まるで実際に体験したような書き方に心臓が大きく跳ねる。

『ここからは周囲への聞き取りによって知った情報であって、本当かは検証が必要。俺は医者じゃないし検証までは無理だから、後世に託《たく》す。健闘《けんとう》を祈る』

こちらの人間には魔力がある。男性妊娠は出産する側が体内に体液とともに魔力を取り込むことで、子宮の役割を果たす亜空間を作る・作らせるのではないか、ということだった。仮の子宮はその後、体内の血液や栄養素などを取り込んで、卵子となるものを作るのだ。血肉を使うため、人によってはその過程で貧血を起こしたり、体調不良になったりするという。

亜空間自体も一発でできるわけではなく、何度も性行為をすることで、徐々にできていくのだそうだ。受精できるようになるまではそれなりの時間がかかり、「魔法の子宮」が完成する平均はおよそ一年、それから受精して十月十日ののちに出産となる。

『因《ちな》みに、これは平たく言うと「孕《はら》ます魔法」なので、逆は無理。精子と卵子があるから女子を妊娠させることはできるけど、魔法が使えない俺たち異世界人が、こっちの男子を妊娠させることはできない』

なるほど、と謎《なぞ》がとけたようなそうでもないような気持ちになりながらも、冊子を閉じる。それを見計らったかのようなタイミングで、「懸」と呼ばれた。

「あ、はい」

「もうそろそろ、日が暮れる。その前に城に戻ろう」

え、と窓の外を見上げると、空は西日でうっすらと染まり始めていた。一体どれくらいの時間、立ったまま読み耽《ふけ》っていたのか。しかも、レオを完全にほったらかしにして。

「す、すみません」

「いや。夢中になって読んでいるから、邪魔はしたくなかった。それに、俺も色々と読めた」

レオはちゃんと椅子に座って、関連の書物を読んで時間を潰《つぶ》してくれていたらしい。

「どうだった？　なにか、知りたいことや新しいことはわかったか？」

妊娠できるみたいです、と言うのもはしたないような気がして、「はい」とだけ頷いてしまった。

「あっでも、魔布の作り方はインクで塗りつぶされてて、結局わかりませんでした……」

がっかりさせてしまうかもと不安になりつつ言うと、レオはそうみたいだなと頷いた。

「わかっていたんですか？」

「歴代の王や研究家が書いた文書を読んだ。まあ、そうなった経緯《けいい》も読んだから、その判断は妥当《だとう》だとも思う」

「そっか、歴代の王も、招聘人について色々書かれているんですね。なにかわかりました？」

レオはほんの少しの間を置いて「ああ」と頷き、立ち上がった。

「レオ様……？」

近づいてきたレオは、懸を正面から抱きしめた。

「懸。大事にする。たとえ世界中が敵に回っても、懸を一人にはしない。……一生、この生命が尽きるときまでずっと、ずっと大事にする」

懸を抱く腕に、力が込められる。口説きというよりは誓《ちか》いのような、それでいて不安定な声音でレオが言った。

レオが目を通した書物には、なにが書かれていたのだろうか。

――……僕が見たものの印象と、あまり変わらないのかもしれない。

人が変わっても、時代が変わっても、招聘人と王はパートナーのような存在だ。そこに恋愛感情が介在していなかったことも当然あるけれど、歴代の招聘人たちの多くは王を愛し、共に生きていた。

だが、招聘人視点ではどのような最期《さいご》となったかはあまり書かれていない。後の筆によれば幸福な終わりと言い難《がた》かった人もいたようだ。

自分は、幸せな結末を後世に残すことができるだろうか。後の招聘人に伝えられるだろうか。

懸は、レオの背中を抱き返す。

「……僕も、大事にします。ずっと」

そう返すと、レオの体が微かに強張《こわば》った。

「僕と、結婚してくれますか?」

そう告げると、レオは慌てたように腕を解いて懸の顔を凝視《ぎょうし》する。

「懸、いま」

「僕と、結婚してください」

はっきりと先日の答えとも言える言葉を口にした懸を、レオは再び抱きしめ、深く口づけた。

息ごと奪うような口づけに、互いに気分が高まっていくのがわかってしまう。

もどかしく感じながら唇を離し、無言で見つめ合った。捕食者のような目で見下ろすレオに、恐怖とは違う感覚で背筋が震える。

「……だめ、ですよ」

ここでこれ以上は、という意味を込めて牽制《けんせい》すると、レオはぐっと堪《こら》えるような表情になった。

「わかった。——だが今日はやはり神殿に泊まろう」

レオは北方領の城を使い続けているためあまり利用しないが、神殿には王の居住スペースがある。だからそれ自体はなんら不自然なことではないのだが、言外に含んだ意図に懸は赤面する。城へ戻るまでもう耐えきれない、ということだ。

「嫌か？」

「……嫌なはずないです」

そう言って袖《そで》を引くと、レオは懸の手を摑んで足早に扉に向かった。

あとがき

AFTERWORD

――栗城偲――


はじめましてこんにちは。栗城偲《くりきしのぶ》と申します。

この度《たび》は拙作《せっさく》『亜人の王×高校教師』をお手に取っていただきまして、ありがとうございました。楽しんで読んでいただけましたら幸いです。

今回担当さんに「思った以上にちゃんとファンタジーっぽいよ！」と言われたのが嬉しかったです（笑）。当世の流行というのもあるのですが、最近割と読者さんから「ファンタジーの人」と言っていただくことが増えてありがたく思いつつ、実は私はＲＰＧ以外にはファンタジーという媒体に全く触れずに大人になったのでまるで自信がないのであります……。

作中の異世界言語について「ひらがなに置き換えられるけど違う言語ってなんだよ！」と首を捻《ひね》った方も多いかなと思います。例えばスペイン語とポルトガル語、オランダ語とドイツ語のような兄弟言語のようなものです（日本語に兄弟言語は実在しません）。最初は琉球《りゅうきゅう》諸語を喩《たと》えに出そうかなと思ったものの、あまり書くと理科の先生であるはずの主人公が異常に言語学に詳《くわ》しい謎《なぞ》の人になってしまうので、設定はありつつも詳しい説明は避けました。因《ちな》みにこの国の文語は、ほぼ日本語の異世界言語が自国の言葉に自動翻訳されてしまった英語話者の人が無理やり英語に当てはめた上に使用人数も少ないので、文法も単語も滅茶苦茶に乱れています。

イラストは、カズアキ先生に描いていただけました！　受は間違いなく男性なのに聖母感が強くてとっても素敵で、攻が人間の姿でもライオンの状態でも本当に本当にかっこよかったです。有翼の獅子《しし》はロマンです……。そしてお子たちの可愛《かわい》さたるや……羊の亜人のリリも、狼頭のプロキオンも身悶《みもだ》える可愛らしさ！

カズアキ先生、お忙しいところありがとうございました！

そして執筆にあたって、知人の東野《ひがしの》みずほさんにご協力いただきました。沢山の質問リストにお答えいただき、本当にありがとうございました！

もし異世界に行くなら持っていきたい理科の先生っぽいものってなにかありますか？　という局地的な質問をしたら「ピンセット」というお答えをいただいて「成程！」と思ったのに、本文に使えなかったのが心残りです（笑）。ご協力ありがとうございました！

最後になりましたが、この本をお手にとっていただいた皆様。本当にありがとうございます。よろしければ、感想などいただければ幸いです。

ではまた、どこかでお目にかかれたら嬉しいです。

Twitter ID：shinobu_krk

この本を読んでのご意見、ご感想などをお寄せください。
栗城 偲先生・カズアキ先生へのはげましのおたよりもお待ちしております。

〒113-0024 東京都文京区西片2-19-18 新書館
[編集部へのご意見・ご感想] ディアプラス編集部「亜人の王 × 高校教師」係
[先生方へのおたより] ディアプラス編集部気付 ○○先生

- 初出 -
亜人の王×高校教師：小説DEAR+21年ナツ号（vol.82）、
アキ号（vol.83）掲載のものに加筆
次のあなたへ：書き下ろし

[あじんのおう × こうこうきょうし]
亜人の王×高校教師

著者：栗城 偲 くりき・しのぶ

初版発行：2022 年 10 月 25 日

発行所：株式会社 新書館
[編集] 〒113-0024
東京都文京区西片2-19-18 電話（03）3811-2631
[営業] 〒174-0043
東京都板橋区坂下1-22-14 電話（03）5970-3840
[URL] https://www.shinshokan.co.jp/

印刷・製本：株式会社 光邦

ISBN978-4-403-52561-2